FLORET
READING

小花阅读

我们只写有爱的故事

青春阅读　幸得相见

有爱的青春陪伴者

宁岸
NING AN
WORKS

著

月亮很美，你也温柔

The moon is beautiful, and you are gentle.

花山文艺出版社

图书在版编目（CIP）数据

月亮很美，你也温柔 / 宁岸著. -- 石家庄 ： 花山
文艺出版社，2021.5
　ISBN 978-7-5511-5573-1

　Ⅰ．①月… Ⅱ．①宁… Ⅲ．①长篇小说－中国－当代
Ⅳ．①I247.5

中国版本图书馆CIP数据核字(2021)第037614号

书　　名：**月亮很美，你也温柔**
　　　　　YUELIANG HEN MEI,NI YE WENROU
著　　者：宁　岸
统筹策划：张采鑫
特约编辑：封　言
责任编辑：郝卫国
美术编辑：胡彤亮
责任校对：卢水淹
装帧设计：Insect　西　楼
封面绘制：鸦青染
出版发行：花山文艺出版社（邮政编码：050061）
　　　　　（河北省石家庄市友谊北大街330号）
销售热线：0311-88643221/29/35/26
传　　真：0311-88643225
印　　刷：长沙鸿发印务实业有限公司
经　　销：新华书店
开　　本：880×1230　　1/32
印　　张：9
字　　数：199千字
版　　次：2021年5月第1版
　　　　　2021年5月第1次印刷
书　　号：ISBN 978-7-5511-5573-1
定　　价：39.80元

The moon is beautiful,
and you are gentle.

自

序

作为我的第一本书，"月亮"对我来说其实有着挺特别的意义。

在成为作者之前，我还有过很多身份。曾经看小说的时候总羡慕他人能笔下生花，后来想着，或许自己也可以试试。

一颗种子从生根到发芽长大，需要一个春天。而我这个想法从诞生到实现，用了好几年。

对于"月亮"，我的初衷是想写段兜兜转转终能相守的爱情。说起来，世上缘分大抵如此，分手后老死不相往来的永远是多数，而能久别重逢再续前缘的，不过寥寥。

越是稀罕，越是难得，越是值得珍惜。

The moon is beautiful,
and you are gentle.

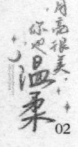

　　写这本书的时候，正好是新冠病毒肆虐的几个月，心情受各类新闻影响静不下来，连带着故事也写得不太顺，时常是写完一段情节第二天回顾又会删掉重来。

　　好在，到 3 月底国内疫情成功控制住的时候，这篇文也终于破除万难写完啦！

　　在这里重点感谢两位朋友，一个是我可爱的不太催稿的责编封言，一个是接过催稿任务没事就问进度的阿楚。

　　感谢你们的监督和鼓励，让我第一本书写得非常开心（真诚微笑）。

　　最后，想对看到这本书的大家说：

　　很高兴认识你。

　　但愿这个故事，你会喜欢啊。

目 录

The moon is beautiful,
and you are gentle.

目 录

The moon is beautiful,
and you are gentle.

第 一 章

谢谢，不送，再见

The moon is beautiful,
and you are gentle.

01

钟珥见过很多类似的场景——男人接过她递过去的文件，颤抖着拆开，只看了一眼报告内容脸色就陡然变得苍白，腿一软跌坐在椅子上。

身旁的小宝见状心疼地抱住他，奶声奶气地开口："爸爸你没事吧？摔痛了吗？小宝给你呼呼。"

话音未落，男人被吓到一般猛地挣开那双小手，力道没控好让小宝摔坐在了地上，他板着脸冷淡道："我出去买包烟，你在这儿待着。"

他走得匆忙，中途差点撞倒了走廊墙角的一盆海棠。这看在钟珥眼里，有点像是落荒而逃。

海棠摇摇晃晃掉下两片叶子，被风吹到小宝脚边。他愣了愣，回头望向钟珥，天真的脸庞染上一丝犹豫："姐姐，爸爸他……是不是生小宝的气了呀？"

明明前两天过来，爸爸还因为怕他采血疼买了好多零食来着。可是刚刚他摔倒了，爸爸都没有多问一句。

这样想着，他语气变得委屈，眼眶泛红："爸爸是不是不要小宝了呀……"

即便看过太多这样的场景，钟珥还是没办法习以为常。

她轻轻蹲下身，将小宝拉起来，拍了拍他裤子上的灰，柔声道："怎么会呢？小宝这么可爱，没人会舍得生你的气。爸爸只是出去买东西了，我们在这里等会儿，等他回来好不好？"

小宝抽噎着，噙泪的眼睛眨了眨："真的吗？"

钟珥擦掉他眼角的泪珠，从口袋里掏出一根棒棒糖："喏，姐姐看起来像是会骗人吗？"

糖果然是哄孩子的秘方，小宝看到棒棒糖就收住了眼泪，重重点头："好！小宝相信姐姐！"

钟珥松了口气，万幸她入了这行就养成了随身备糖的习惯。

把小宝带去休息室后，钟珥找管理室大叔拿了钥匙，打算去看下鉴定中心门口的监控。商店就在旁边，买个烟而已，来回路程不会超过五分钟，可刚才那位先生已经离开了一刻钟。

路过接待室时，正撞上阿宁从里面出来，门留了个缝，隐约能看到房间里的身影。

钟珥瞄了一眼，只看到一个瘦高的背影，剃着板寸，露出的脖颈上似乎文了个刺青。

"哎，钟珥姐，正想找你呢。"阿宁冲她打招呼。

房间里的人似乎被这声音吸引注意，扭过头来。

钟珥忙移开视线："找我？"

阿宁点点头："刚刚来了三位客户要做加急鉴定，孟妍姐和赵亮师兄的检材排得比较紧，小惜临时被委派了一个司法鉴定的案子，去医院取样了，莹莹姐今天又请假……所以想能不能麻烦你——"

钟珥听明白了。她因为马上要休年假，要鉴定的检材基本上这两天都加紧弄完了，算是几个人中比较空闲的一个。

"没问题。"钟珥应下，给了阿宁一把钥匙，"不过要麻烦你帮我去趟监控室。之前那位梁先生说是出去买烟，但过了二十分钟还没回来，他孩子还在我们的休息室里。你看下监控里他有没有去隔壁商店，如果没有的话，给他打个电话。"

"好的。"

等阿宁离开后，钟珥嘴角弯起一个职业微笑，推开接待室的门。

房间里有三个人，一个娇艳女人抱着孩子坐在椅子上刷手机，刚才钟珥瞥到的高瘦身影则站在窗前，目测身高在一米八以上，套着深色的连帽衫，仅一个背影就气场十足。

宽肩窄臀，身材还不错。

钟珥走到他身后，友好地伸出手："你好，我是青城鉴定中心的 DNA 鉴定师，钟珥。请问先生怎么称呼？"

她的手大概抬了十秒，对方才终于气定神闲地给了反应。

"阮。"低沉暗哑的嗓音吐出简短一个字，男人转过身来，一只粗粝温热的手掌握住了钟珥的，"阮轻寒。"

语调不疏不淡，他漆黑如墨的眼瞳在她脸上打量了一圈："你好，钟珥小姐。"

鼻挺唇薄，细长的单眼皮极为勾人，眼尾微微上扬，有几分狐狸的面相。只一眼，让她瞳仁猝不及防地猛缩了一下。

这个名字，还有这张脸，与她记忆里的那个人完美重合。

两人隔得本就不远，加上阮轻寒转身又缩短了距离，钟珥的身高勉强够得上他的肩膀，两人面对面站着，竟然有种靠肩依偎的错觉。

钟珥耳根子燥红，忙抽回了自己的手。

阮轻寒只觉得手里一空，眼前的人已经跟兔子似的蹿出两米远，跟他保持着距离。

"你好，阮先生。"

他将手收到身后，捻了捻指尖。

钟珥转头又跟娇艳女人打了招呼。

娇艳女人怀中的孩子看起来顶多两岁，眼珠子骨碌碌地盯着她瞧，露出毫无防备的笑容。

孩子长得很可爱，她本想回以一笑，但一想到这孩子有可能是面前这人的骨肉，她心里就涌上一股说不明的滋味。

几年不见，她还是只孤零零的单身狗呢，他倒是老婆孩子热炕头了。

关键是孩子他妈，钟珥视线移到女人的脸上，精致的妆容，五官挑不出毛病，有点像几年前一部大热韩剧里的女主角，是很舒服又没有攻击性的长相。

别说是阮轻寒了，她也很"吃"这种"颜"。

只是，看起来养眼的一家三口，怎么会来做亲子鉴定？

钟珥狐疑地看了眼阮轻寒，清了清嗓子切进正题："请问是想做哪种 DNA 鉴定？"

"头发。"

"有准备样本吗？"

阮轻寒掏出一个迷你铁盒，里面装着几根发丝："最快要多久？"

"三天。"钟珥说，"急的话到时候鉴定报告给你寄过去。"

"不用，我到时候过来拿。"

"……"

一板一眼的问答，公事公办的语气。阮轻寒投过来的目光，沉静且毫无波澜，看她就像看一个陌生人。

"钟珥小姐还有问题吗？"

礼貌又不失疏离。

钟珥轻嗤："阮先生还真是严谨呢。"

阮轻寒淡淡地回答："谢谢。"

能把讽刺的话当作夸奖也是绝了，钟珥一时不知道说什么好，索性牵着小朋友去采集室取样本。

等把必要的程序走完，钟珥送客，不料阮轻寒都走出鉴定中心大门了又折回来。

"手机给我一下。"

他身姿挺拔，神情淡定。对视间，钟珥觉得自己气场短了一大截。

她按住外衣口袋，学着他的语气："阮先生还有问题吗？"刚才还装不认识，现在又想干什么？

阮轻寒没答话，看了她一眼，手蓦地伸向了她腰部……的口袋。

"哎，你干吗呀！"

他突然的动作吓了钟珥一跳，她想拍开那只手，却被他反握住。

他的手很大，掌心有薄茧，硬硬的，因为握得紧硌得她手腕有点疼。

钟珥怔了怔，就看到阮轻寒另一只手已经拿出了她的手机。他居高临下地看她，难得扯了扯嘴角："我这份鉴定报告很重要，你是负责人，留个电话。"说完也不由拒绝地在她手机上一通乱点。

钟珥看得心疼："我刚买的手机，麻烦你轻点儿！"

阮轻寒侧头，正撞上她看过来的焦急视线，动作下意识地轻了一点。

一阵操作结束，手机回到钟珥手上。她正想舒口气，就听到头顶上方的善意建议："钟珥小姐似乎没什么安全意识，要是不希望下次再被人抢走手机，建议你设个锁屏密码。"

"？"她还真没见过抢完人家手机还要反回来再一通教育的。

压住腹诽，她退后两大步，也不看他，摊手做送客的姿势。

"谢谢，不送，再见。"

这一忙完将近下班时间，钟珥进休息室时已经不见小宝的踪影，问过阿宁后才知道那位梁先生在离开一个钟头后又回来接走了他。

聊到这个，阿宁神秘兮兮地凑过来："钟珥姐，你知道我在监控里看到了什么吗？"

"什么？"

"我看到梁先生去隔壁商店买了包烟，然后在我们中心门口坐了一个小时，把整包烟抽完了才进来的。他好像哭了，说要带小宝走的时候，眼眶还是红红的……"

阿宁进鉴定中心刚满两个月，一直负责前台和接待的工作，因为人长得乖巧嘴也甜，钟珥还挺喜欢她的。

但此刻听到她大剌剌地聊起客户的私事，钟珥还是忍不住皱起眉头，淡淡地警告了一句："监控你看过就行了，不要把客人的隐私当成茶余饭后的谈资。"

阿宁尴尬地吐了下舌头："钟珥姐，我也就是跟你说说。跟其他人绝对不会提的。"

钟珥点头，"嗯"了一声。

"哦，对了。"阿宁想起了什么，"我差点忘了，孟妍姐说让你忙完去她办公室一趟。"

钟珥敲开孟妍的办公室时，孟妍刚吃完外卖，正在收拾桌上的狼藉。这个点离晚饭还早，估计是才抽出时间吃的午饭。

"你来啦，坐。"抬头瞥见钟珥，孟妍利落地清理完桌面，倒了两杯水。

钟珥坐到沙发上，看她忙得差不多了，才开口问："阿宁说你找我有事。"

孟妍坐在钟珥对面，好整以暇地开口："对，咱们认识好几年了，我也就不绕弯子了。莹莹要辞职了，我这边在招人顶上，你的年假可能得晚点休，挪到月底可以吗？"

现在是 10 月中旬，月底的话也就是再上十天班。

钟珥假期没有外出计划，倒是无所谓。

她点头："可以是可以，不过莹莹辞职是怎么回事？"

莹莹跟钟珥是大学同学，两人当初同期进的鉴定中心，但比起钟珥不咸不淡只把 DNA 鉴定当工作，莹莹远比她更有热情，用莹莹自己的话说就是"自己很喜欢在这种挖掘真相的过程里体会刺激的感觉"。

这样的人，怎么会一声不响说辞就辞了？

孟妍莞尔一笑，跟钟珥解释："刺激太多也会产生免疫。她马上要结婚了，听说会和男朋友搬去榕城。"

"结婚？"虽说大学没什么交集，但一块工作这几年，钟珥自觉对莹莹也算是有所了解，之前一直以为她是单身，没想到都要结婚了。

"是啊。"孟妍感叹，"也就是前段时间的事，她被家里人催着相亲，认识了一个投缘的对象，就闪婚了。"

难怪之前总是请假，还以为她家里出事了。

钟珥虽然不太认同闪婚这种还没熟悉就结成家庭的行为，但她自个儿也经常被家里人催着找对象，基本上能理解莹莹的心情。

没立场评判别人的做法，她只好点点头："哦，榕城挺好的。"

孟妍看向她，戏谑地问："你呢？不考虑也找一个？"

"我啊……"钟珥脑海里浮起阮轻寒的脸，心沉了沉，敷衍道，"随缘吧。"

"哪能随缘呢？"

孟妍认识钟珥的时候她刚从医学院毕业，这几年被自己带进鉴定师行业也没见她谈过恋爱。上班的时候泡在鉴定所，下班的时候就宅在家里。

明明还是个年纪轻轻的小姑娘，偏生活得像个老年人。

太佛系了，她都要看不下去了。

"这样，我侄子你见过吧？上次来这儿找过我的。他在一家户外俱乐部注册了会员，听说经常会办一些户外拓展活动，我让他也给你报一个得了，你可以趁休年假出去锻炼一下，顺便认识点朋友，扩充下交际圈。"

钟珥蒙了，这话题是怎么引到她身上的？

"孟妍姐，这就不必了吧……"

领导要是当起红娘来，完全不输钟珥过年回爷爷家要面对的催婚亲戚。

孟妍微微一笑："当然要的。正好我侄子这段时间也不忙，你们俩一起参加也好有个照应。"

钟珥知道孟妍是好心，再拒绝就显得很不给面子了，尽管心里千万个不乐意，面上还是答应下来。

"那就谢谢孟妍姐了。"

02

孟妍的侄子叫池遇，比钟珥小两岁，在青城大学念研究生。在孟妍的热情"搭线"下，两人当晚就加了微信。兴许是经常参加这种户外运动，池遇在听说钟珥是头一回参加后，非常积极地给她科普了一些户外知识和装备。

除此之外，他倒是挺老实地没有扯其他情感类话题。

钟珥放下心来。

户外话题结束，两人礼貌地互道了晚安。

钟珥滚进软乎的被窝里，鼻尖萦绕着被子上洗衣液的淡淡芳香，她狠狠吸了一口，闭上了眼睛。

过了会儿，眼皮动了动，又睁开了。

睡不着。

她自认睡眠质量很好，平时闭上眼睛就能秒睡，可偏偏今晚大脑异常活跃，只要合上眼，面前就会出现阮轻寒的脸。

勾人的狐狸眼，一脸似笑非笑，公式化地握住她的手："你好，钟珥小姐。"

时间过得真快，才三年不见，他居然已经是孩子的爸爸了。

钟珥从枕头下摸出手机，盯着通讯录里那串号码看了两分钟，屏幕上跳出是否删除，她犹豫了半天，还是点了"否"。

在床上翻来覆去折腾到凌晨三点多才睡着，钟珥第二天起床一双眼挂着乌青的黑眼圈，像被人用拳头揍过似的，即便用粉底遮了下，上班的时候还是被孟妍瞧了出来。

孟妍捧着她的脸上看下看，打量了半天："你昨晚和池遇该不会是聊了通宵吧？"

钟珥有气无力地摇头："做了个梦，一宿没睡好。"

"梦到了什么？"

她迟疑，不太想聊这个话题："没什么，大学那点事，挺久远了。"

自从工作后钟珥就不怎么会去想以前的事了，但这次兴许是跟阮轻寒重逢的后遗症，让她久违地做了个关于过去的梦。

梦里的夏天还是一如既往地暑热难当，她穿着不透气的迷彩服，顶着日头在操场上被罚站军姿。阮轻寒背手绕着她走了一圈，笔挺的军装穿在他身上格外硬朗飒气。他垂眼睨她，声音淡淡："服气吗？"

旁边方阵正在做俯卧撑，陆植山趁着间隙过来凑热闹，顺便幸灾乐祸地冲他那群满头大汗的学生说道："看到没有？长得帅的教官脾气也怪，能遇到我这种怜香惜玉的你们就偷着乐吧。"

阮轻寒拧眉，轻踹了他一腿："没完了还？回你的方阵去。"

那是青城医学院新生军训的第一天，阮轻寒临危受命从隔壁军校被调过来，负责接训钟珥所在的临床医学班。不承想，才第一天，两人就杠上了。

钟珥前一晚吃坏了肚子，军训号召集合那会儿还在厕所蹲着，等紧赶慢赶过去，她们班已经列好方阵报完了数。钟珥本想趁教官不注意偷偷溜进队伍，想法还没来得及实施，清脆的哨声就在耳边响起。

"站住。"阮轻寒站在队列前，手里捏着一枚银白色口哨，望着她的方向，皱了皱眉。

钟珥被那道哨声震得耳朵疼，心虚地立正，就听到他问："哪个班的？"

"临床医学。"

"说话前先打报告。"

"……"

"报告，临床医学。"

"为什么迟到？"

拉肚子说出去不大好听，钟珥信口编了个理由："报告，起晚了。"

深色军装踱步至她面前，嗓音沉稳有力："叫什么名字？"

"报告，钟珥。"

"你在跟蚊子说话？声音大点儿！"

"报告，钟珥！钟灵毓秀的钟，王旁加耳朵的珥。"

钟珥紧咬着牙槽，顶着一队同学投过来的视线，脸上一阵青白。她严重怀疑这教官是刻意想要刁难她。不就迟个到，至于吗？

"钟珥。"阮轻寒重复了一遍她的名字，不紧不慢，"军训相当于军营，既然进了军营就要遵守纪律，你迟到了，去旁边站十五分钟军姿。"

9月炎夏，早上的温度最高能升到三十多度，天边太阳高挂，热气四散。

在这种日头下纹丝不动站十五分钟，很大概率会中暑。

更何况钟珥拉过肚子，已经是有些脱水的状态。

她皱眉抗议："报告！我就迟到了一会儿，也没有耽误训练，凭什么罚我？"

"不服？"

"不服。"

阮轻寒点头："行。那就再加十五分钟。"

"……"

站了半个小时，钟珥腿都僵硬了，眨眨眼，一滴汗水滑过眼皮，滚落至下巴。嘴皮很干，她抿了抿嘴角："报告，我不服，申请上诉。"

烈日当头，她的脸色变得几近惨白，尽管很努力保持站姿，但身体颤颤巍巍，似乎随时要倒下。阮轻寒目送她下巴那滴水珠砸在地上，再瞥一眼那副倔强不肯服输的表情，"啧"了一声："上诉？先去趟校医室再考虑这事吧。"

虽然强撑着没有倒下，但钟珥的确是中暑了。阮轻寒找了个女同学把她送去校医室，开了药挂了水才缓解了不少。

校医是个面相和蔼的老爷子，钟珥瞅着挺亲切，唠叨的样子跟她外公很像。

"你们这些小年轻哟，受不了这天气就跟教官请个假啊，还非要硬撑。跟你一样中暑的我这上午都接了三个了。现在的孩子年纪小毛病又多，出门在外要学会好好照顾自己才行啊。"

钟珥坐在边上跟小学生听课似的，乖乖点头："您说得对是对，但我们那教官太严格了，别说请假了，迟到一会儿就罚站，一旦提出异议还加罚，完全不讲……"

脱离了恶魔教官的视线，钟珥恨不得将他控诉个遍，可话刚说了没几句，旁边的女同学就猛烈地咳嗽起来："咳咳咳咳咳……"

话被打断，钟珥仰头关心："没事吧？嗓子不舒服？"

女同学没说话，绷着表情眼神往门口斜了斜。

钟珥顺着看过去，校医室门半敞着，外面是走廊，没有人影。

女同学同情地看着她："刚才阮教官来过了，你完了。"

意思是她刚说的话都被他听到了。

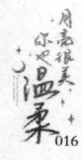

彼时的钟珥吃软不吃硬，被阮轻寒这一罚算是跟他较上劲儿了。以她有仇必报的性格，一定会还他一份大礼。

听完女同学的"善意提醒"，她盯着空旷的走廊，嗤之以鼻。

"谁完了还不一定呢。"

阮轻寒吗，等着瞧吧。

03

半明山腰，阮家别墅。

阮轻寒把车停在楼下，赵叔过来想接过钥匙替他开进车库，被他拒绝了。

"不用，我等会儿还要出门一趟。"

客厅里茶香馥郁，阮老爷子正颇有兴致地煮着茶，听见脚步声掀了掀眼帘，见到阮轻寒笑着招呼："过来。"

茶几上摆着一套紫砂茶具，单独两杯已经斟上了茶，红汤面上漂浮着几片青褐茶叶，水汽升上来，带着一股淡淡的醇香。

"这是闽北武夷的大红袍，味道还不错，你尝尝。"

阮老爷子生平没什么爱好，钻研茶道是唯一的乐趣。只不过阮轻寒没有他那样的闲情逸致，喝茶跟喝酒似的，啜饮一口，一杯见底。

气得阮老爷子吹胡子瞪眼："老子这是开汤第二泡，茶香正酝酿着呢，你喝这么快干什么？"

阮轻寒也不跟他吵，搁下茶杯，起身就准备走。

"等等——"还是阮老爷子先妥协，"说说，你哥那孩子怎么样了？"

阮轻寒坐回沙发："今天刚做了鉴定，报告还要等几天。"

"要真是我们阮家的孩子，就早点儿带回来吧。"

阮轻寒抬眼："宋舒言呢？"

他哥阮轻宁前几年刚接手阮氏生意时出了趟远差，再回来时身边出现了个女人，就是宋舒言。阮轻宁和宋舒言交往了两年，其间还带回家里过，阮轻寒当时不在，但听用人说阮老爷子很不待见她。

之后没多久，宋舒言就离开阮轻宁在青城消失了。

不承想半个月前，她又突然出现，还带着一个孩子来到阮宅，指定是阮轻宁的。

阮老爷子吹了吹汤面的茶叶，哼了一声："一段孽缘而已，要钱给她就是。你哥下个月就要和顾家小姐订婚了，不要影响到他。"

阮轻寒听着，没答话。

阮老爷子目光转回到他身上："你回来在家住多久？我让人给你收拾房间。"

阮轻寒抬腕看了眼表："不用了，我不住家里。"

"不住家里？"阮老爷子眼睛一瞪，"这么大个宅子还装不下你吗，非要出去租房子？你是，你哥也是，外面能有家里好？当你老子这里是酒店啊？"

阮轻寒："……"

中气十足训了一顿，见阮轻寒依旧沉默，阮老爷子有种拳头砸在棉花上的无力感，缓了缓气，换了话题："你那什么户外野营公司搞得如何了？"

阮轻寒纠正："是轻行户外俱乐部。"

"哦，也没什么差嘛。"阮老爷子小啜一口茶，"要是做不下去，可以回来公司帮你哥的忙。"

他自觉替小儿子考虑得很到位，不料小儿子听完霍然起身："不用了。"

也不知哪句话触到了逆鳞。

阮轻寒大步往门口走："我还有事，先走了。"

阮老爷子爹毛："嘿，你个臭小子，老子话还没说完呢！"

"嘭！"紧接而来的关门声，将剩下的声音截在喉间。

阮老爷子默了默，垂眼看着手中的茶。

啧，好好的大红袍，怎么突然就不香了呢？

墨黑色的汽车在高架上疾驰，几乎与夜色融为一体。

半小时后，拐进了商业街后面的小巷。

比起前街的繁华热闹，这条街道显得格外安静清幽，路边开着几家网吧、民宿和书店，LED 灯牌在暗夜中闪烁。

阮轻寒钻进巷尾的网咖，从侧门坐电梯上了三楼。

推开门，迎面一股麻辣烫的味道，一千人窝在沙发上分食着外卖，津津有味地看着电视。

三楼一整层被打通成了一个独立的办公室，空间很大，未经粉刷的朱红色砖墙颇有种古旧的工业风。堆满了书籍和地图的银灰色书架在墙边排开，正对门的墙壁上挂着一只山羊木雕，旁边是招牌——轻行户外俱乐部。

这里是轻行俱乐部的根据地。

听见开门声，陆植山象征性地抬了个眼，筷子不好夹鱼丸，他正烦躁呢，结果看到来人几乎是噌地站起来。

"哎哟轻寒，我说你过来怎么也不打个电话？"他边说着，脚往沙发底下踢了踢。

南尹和顾子尧也颇自觉，将茶几上的垃圾捡拾好。

几个人打从上学时候就认识了，相处这么些年，知道阮轻寒这人哪儿哪儿都好，就是有轻微洁癖，见不得视线之内有垃圾。

他很少来俱乐部，偶尔来一次，大家都会格外注意卫生问题。

阮轻寒把他们的小动作收进眼里，目光落在桌上的外卖饭盒上，抽了抽嘴角。

"最近手头这么紧？至于三个人拼一份麻辣烫？"

轻行是拉了投资的商业俱乐部，主要承接和举办各种性质的户外活动，旗下会员将近五千多名。顾子尧这个家里有矿的挂名经理就甭提了，陆植山和南尹都是小有名气的商业领队，一个月接的项目怎么着也够敞开手脚吃喝了。

陆植山嘿嘿一笑："夜宵嘛，不能贪多。不然晚上睡不着。"

顾子尧没好气："屁，明明是我点的外卖你们非要凑过来分一口。"

"嗨，还不是怕你吃不完嘛。"

陆植山笑眯眯说着，转头看见南尹还在吃，眼睛一瞪："哇！

大南你放下我的丸子！"

阮轻寒挑唇，看他们打闹了一会儿，才问："妙妙呢？"

"被楼下网咖的研究生老弟带去玩了。"

阮轻寒看了眼腕表："等会儿出去吃夜宵吧，我记得前街有家烧烤还不错。"

听到这话，沙发上抢食的几人停下动作，目光齐刷刷地看过来。

他们没听错吧？

陆植山咂舌："难得啊。你不是不喜欢吃路边摊吗，说用料不干净、对肠胃不好？"

读军校那会儿他们几个玩得好的经常趁夜翻墙出去吃宵夜，但阮轻寒从来不参与，每每一问，他的回答总是：路边摊都是垃圾食品，对身体不好。

"是吗？"

阮轻寒似乎很认真地思考了这句话，沉默半晌，无辜地抬眼：

"我说过吗？"

04

立秋刚过，秋老虎余威尚在，烧烤店没有空调，墙上几台老旧的电扇勉强能驱下热。

南尹因为接了个电话有事离开，最终去吃烧烤的只有三个人。

陆植山点了一大堆肉串，顾子尧则配合地点了一些素的，阮轻寒没点，等烤串上来，他挑了几串生菜和土豆片。

旁边两人吃到冒汗，喝水的间隙瞄了阮轻寒一眼，差点没呛一嗓子。

"好家伙，吃烤串还想着养生啊？"陆植山吞下一口鸡心，对阮轻寒这种小家子气的吃法难以苟同。

顾子尧戏谑："阮哥，要不要再帮你叫瓶啤酒，里面加枸杞的那种？"

他本意是开个玩笑，没想到阮轻寒还真爽快点了头："行啊。"

枸杞没有，三人点了一箱哈啤，就着烤串喝起来。

陆植山灌了口酒，打了个响亮的嗝儿，眯眼凑近阮轻寒调侃："你今天有点奇怪啊兄弟。心情不错嘛，难道是张萌姑娘的追求有了进展？你被她攻下心防啦？"

张萌是轻行俱乐部的成员之一，每次组织活动都只报名阮轻寒的路线，对他的喜欢已经是摆上了明面，大家都知道的事儿。

阮轻寒抬了抬眼皮："我家的地址是不是被你透露给她的？"

"还不是为你好。"陆植山没否认，"你也单了这么些年，再没个姑娘待在身边大家都要开始怀疑你的性取向了。"

顾子尧跟着点头："是真的，阮哥，俱乐部里有几个哥们儿还跑来问我你的喜好呢。"

阮轻寒黑了脸，咬牙道："那还真是感谢你们呢。"

"都是兄弟嘛，甭客气。"陆植山嘿嘿一笑，"话说回来，怎么着，那姑娘去你家敲门了？"

"岂止是敲门这么简单。"阮轻寒道，"她搬到了我家隔壁。"

每天早上送爱心早餐，晚上睡觉要道个晚安，平时过来借东西都快变成顺手了，存在感刷得他烦不胜烦，但凡露出丁点儿拒绝，她能在门外等一天。

桌上两人看热闹不嫌事大，还在起哄。

陆植山："嗨，那这姑娘还真够主动的，反正人长得也不错，要不你就从了呗？"

顾子尧："附议楼上。"

阮轻寒不指望能从他们嘴里问出什么实质性的建议，自顾自喝了杯酒，手机一振，一条消息进来。

是一串地址，他逐字看完。

等对面两人喝完了酒，他才开口道："我准备搬家了。"

陆植山跟顾子尧对望一眼，"两脸"惊诧。

不至于吧？

"就因为张萌？"

阮轻寒摇头："她只是导火索。"

"还有其他原因？"

"嗯。"

"？？？"

"过两天就知道了。"

这个点烧烤店里人很多，几张桌子都满了，几人吃得正酣，身后忽然响起一道声音：

"嘿，植山哥、顾经理，你们也来这吃宵夜啊？"

扭头一看，是楼下网咖那位研究生小老弟正拎着两盒打包好的烤串，略带惊讶地看着他们。

陆植山先打了招呼："哟，这么巧啊池遇，来这点外卖？妙妙呢？"

"妙妙在网咖呢。有客人想吃烧烤，我帮忙跑个腿。"

"让他叫外卖不就得了，还劳烦你跑一趟。"池遇是轻行的会员，走过几次陆植山领队的路线，两人关系还不错。

"我要过来买东西，也就是顺便的事。"池遇不在意地笑了笑，转向顾子尧，"对了，顾经理，月底去路蒙山那条线，我这边可以加个人吗？"

顾子尧皱眉："加个人？"

"对，女孩子，之前没参加过这种户外活动。"

旁边的陆植山摆着副过来人的表情："看来还是朵桃花啊。"他脑袋往阮轻寒的方向偏了偏，"喏，那条线是 Rer 领队，你问问他？"

轻行俱乐部有两个千人会员群，每次顾子尧会提前把领队们的户外路线和时间在群里公布，限额报名。

阮轻寒带队的路蒙山是十人小队，名额早就满了。

被点到名字，阮轻寒抬眼，正瞥到陆植山在给他使眼色，暗示他别拒绝得太直接，毕竟池遇也算是熟客。

他眉梢微挑："路蒙山那条线不好走，不建议没经验的人去，尤其是女生。想撩妹的话可以换个地方。"

顾子尧咬着一串骨肉相连差点笑出声。

最后那句完全是多余的好吗！

"哈，不是撩妹啦！"阮轻寒说得一本正经，池遇有点尴尬，澄清误会，"那个女孩子是我小姑的朋友，在青城鉴定中心上班。我只是帮忙报个名。"

"鉴定中心？"阮轻寒脑海里蹦出一个人影。

"对，一个DNA鉴定师，就是专门做亲子鉴定什么的，姓钟。她正好那几天排休年假，想报个路线出去走走。"池遇说着露出歉意的笑容，"路蒙山那条线要是加不了人也没事儿，我帮她重新报一条线好了。"

要不是孟妍非要让他给钟珥报个同路线的活动，说是方便照应，他还真不想麻烦他们。

池遇挠挠头，打算回网咖再考虑剩下的事，不想刚转身就被阮轻寒叫住。

"也不用重新报。"

"什么？"

他以为是自己听错，回身，正对上阮轻寒的视线。

那双一贯冷静又淡定的眼，此刻少见地起了波澜。

"去路蒙山的线，可以加上她。"

第 二 章

你吃吧，狗粮的味道

MOON

The moon is beautiful,
and you are gentle.

01

三天后，阮轻寒要的 DNA 鉴定报告出来了，钟珥给他发了条消息通知下午来拿。发完，她捏着手机盯了半刻，想到报告里的内容，咬了咬唇，还是删掉了他的号码。

她把文件封好拿给前台的阿宁："下午阮先生过来，你直接给他。"

阿宁咬碎嘴里的棒棒糖，接过文件，在桌上的登记表上扫了眼，今天有三位阮姓的男士预约，她问："哪位阮先生？"

"阮轻寒。"

"哦哦，就是脖子上有刺青的那个？"阿宁想起来了，上次接待那位先生的时候他脖子上那小块圆圆绕绕的图案她瞧了半天没认出是个什么东西，因而印象很深。

钟珥微愣，觉得她记人的方式还挺特别，笑了笑："对，就是脖子上有刺青的那个。"

中午去食堂，厨房阿姨做的菜都有点偏辣，钟珥肠胃不大好，只要了一碗清淡的南瓜粥搭一碟小菜。鉴定所的食堂类似一间小饭馆，空间并不大，钟珥没看到孟妍的身影，想着上次她忙到下午才吃午饭，便发了条微信问要不要给她打包。

孟妍秒回："不用，我出去吃。"

钟珥扫了一眼放心了，关掉聊天框，界面跳回到最近聊天列表，最顶上的一个叫"路蒙山之旅"的微信群不断地冒出新消息。

这是池遇帮她报的那条户外路线的队友群，昨天刚被拉进去，里面的群友聊得挺欢，消息分分钟刷屏，只是内容大多是在畅谈过往走户外的经历，她这个小白看了半天，一句话也插不进，王想放弃返回，就收到群主 Rer 发的全体消息。

Rer：这次队里加了新朋友，如果没走过路蒙山路线，想要了解的，可以来问我。@全体成员。

Rer 平时很少在群里冒泡，因而在他的发言后，群里开启了新的话题。

一粒微尘：噫，Rer 哥是不是被小陆哥附体了？今天怎么这么和蔼可亲，不习惯啊。

大灰狼：放屁，Rer 哥一向都这么善解人意的好吧（看我，我是彩虹屁）。

可可最可爱：你们重点歪了喂，问题难道不是咱们队什么时候有新人了？这次报名的不都是老人吗？

谁还不是个孩子呢：确实有一个新来的，昨天被小池拉进来的。看头像是个妹子，但没说过话。

一粒微尘：哦，小池这次把他女朋友也带来啦？

大灰狼：那可不一定，万一是他的姐姐妹妹侄女阿姨呢【坏笑】。

可可最可爱：我看了下列表，那个妹子的昵称叫"小耳朵"。

名字这么可爱不至于是阿姨吧……反正我看张萌那张面瘫脸都要看吐了，这个新来的妹子我要预定！

　　谁还不是个孩子呢：修罗场啊这是。张萌是小池带进来的，这回的小耳朵也是他带进来的，情敌见情敌，会不会分外眼红？

　　大灰狼：情敌？你难道不知道张萌喜欢的是 Rer？

　　一粒微尘：哇，那就是前任和现任的 PK 了，带感，有点想看！

　　这个画风有点不太对。

　　钟珥抽了抽嘴角，敲了一行字准备澄清。

　　Rer：脑洞这么大，不当编剧可惜了。

　　谁还不是个孩子呢：Rer 这个建议不错，我会考虑的。

　　可可最可爱：啧啧，你以为他是在夸你吗，人家是在讥讽好不好啦？

　　大灰狼：可可说得对。

　　一粒微尘：大灰狼说得对。

　　谁还不是个孩子呢：你们是想气死我，然后继承我的蚂蚁草呗？

　　可可最可爱：谁缺你草呗里那两块八毛钱吗？

030

　　话题被 Rer 一句话调转了方向。

　　大家聊得起劲，钟珥不再围观，点开了 Rer 那个黑色背影的头像。

　　Rer 是这次路线的领队，听池遇说原本路蒙山的路线报名已经截止，人数也满了，是 Rer 临时开了后门钟珥才能进来的。

虽说这种路线走哪条对钟珥来讲都没什么差别，但既然人家帮了忙，她无论如何还是要表示下感谢的。正巧这会儿 Rer 在线，她索性试试加一下他的好友。

备注写得很正经：Rer 领队你好，我是池遇的朋友钟珥。

只是等了半天，Rer 还没通过验证，钟珥的手机先接到了一通陌生来电。

"你好，哪位？"

电话那头安静了三秒，声音响起："你把我号码删了？"

嗓音低沉淡定，带着笃定的语气。

是阮轻寒。

钟珥的心忽地一跳，有种考试被抓包的感觉。暗骂自己嘴快，没办法，她只能继续装下去："您是？"

"阮轻寒。"

"哦，阮先生啊。"钟珥诚恳地解释，"抱歉，我手机最近出了问题，可能是上午不小心把通讯录给清空了。"

之前约好下午拿报告，钟珥当他这会儿打来是想改时间："您下午要是没法过来的话，我这边可以给您寄过去呢。"

"我已经到了。"

速度倒是挺快。

"鉴定报告我放在前台了，您可以直接找前台拿。"

"我就在前台。"

"？"

"前台没人。"

这会儿正是午休时间，阿宁估计不在所里，不好打扰她，钟珥只能自己去一趟。

"那，麻烦您等一下，我就过来。"

02

鉴定中心门口靠着一个身影，白 T 黑裤，指间夹着一根烟。

他嘴里吐出一圈白雾，在空中散开，身后传来匆促的脚步声，他下意识地掐灭烟丢进了边上的垃圾桶里。

钟珥几乎是跑过来的，气喘吁吁。阮轻寒看她一眼，又看了眼腕上的表："三分钟，倒是挺快。"

阮轻寒身上有股淡淡的烟味，不难闻，钟珥缓了缓气息，才开口："报告，我这就给你。"

阮轻寒愣了下，眼里有光一掠而过："这里不是军营，不用打报告。"

钟珥也微怔，差点咬到自己的舌头："啊，那个，不是，我的意思是，鉴定报告我这就找给你。"

刚才的场景仿佛回到了当年的军训，她心里升起一股奇异的感觉，很快被压了下去。

前台桌面上都是些表格和文件，钟珥大致翻了下，才想起上午见阿宁好像是把报告放进了抽屉。但抽屉上落了一把小锁，要用钥匙才能打开。

她解锁手机，点开通讯录，给阿宁拨了个电话，对方正在外边跟男朋友吃饭，背景音嘈杂："啊……钟珥姐对不起，钥匙在我这里，马上送过来。"

原本打扰人家午休时间就不对，钟珥也不好多加催促，只好回一句："不着急，等你。"

挂了电话，扭头正对上阮轻寒的视线，钟珥尴尬一笑："抱歉，可能要麻烦你等一会儿了。"

阮轻寒没搭话，垂眼看着她握在手里的手机。

"钟珥小姐扯谎的功力倒是日益见长。"

"嗯？"这话说得突兀，钟珥有点莫名其妙。

"你之前说的通讯录被清空，"语调微抬，他的眼里蕴着沉沉墨色，将双臂撑在她面前的桌台上，微微弯腰审视着她，"其实是只清了我一个人，对吧？"

钟珥蓦地浑身一僵，这才反应过来，之前在电话里随口编造的借口，刚才被自己给拆穿了。

面对他这么近距离的诘问，她有点心虚，想拉开距离，后退两步，却撞上了身后的墙。

动作被阮轻寒尽收眼底。

"怕我？"

她摇头，为了圆谎，闭眼甩锅："那个，可能是手机系统的 Bug，刚才又恢复了一部分号码，至于其他的……我就不太清楚了。"

阮轻寒的神情摆明了不信，目光如利刃落在她身上。

钟珥头皮发麻，觉得自己仿佛是砧板上等着被片儿的鱼。

她咽了咽口水，提个建议："你要是觉着不乐意的话，要么我再存一遍？"

话出口顿觉自己太欠揍。

虽说工作了几年，她大学时的刺头刚劲儿早就被社会磨得差不多了，但是在阮轻寒面前，她还是想保留一份独属于钟珥的骄傲。

没等阮轻寒说话，她又抢先补充道："前提是，如果你下次还有这种需要。"

阮轻寒面上结了一层霜，几乎是咬牙吐出一句："下次？"

"哐"的一声推门，阿宁从外面进来，小脸红扑扑的，打断了两人之间暗流涌动的气氛。

"钟珥姐，对不起，钥匙我拿来了。"

钟珥曾经在网上看到过一个提问：你的职业能为你喜欢的人做些什么？

底下的回答千奇百怪，有为他策划一场婚礼的，有给他打官司的……钟珥没有留言，但也真的想过，以她鉴定师的职业大概只能给对方做个亲子鉴定，看看他有没有被戴绿帽吧。

当时觉得好笑，不料还真的有这么一天。

她从抽屉里取出一份封好的鉴定报告，公式化地道了句祝贺："恭喜阮先生，鉴定结果对你来说应该是个好消息。"

阮轻寒接过报告，拆开粗略扫了一遍上面的数值，落款处印着"确系亲生"的红章。

"确实是个好消息。"

不知道是掩饰得太好，还是这结果对他来说真的不重要，他脸上一如既往地平静，连笑都吝给一个。

钟珥看着他的表情，鬼使神差地多了句嘴："连自己的孩子都要怀疑，阮先生似乎对自己没什么自信？"

阮轻寒撩起眼皮，深深看了她一眼。

半晌，他轻嗤道："被人骗了这么多次，总要长点儿记性不是？"

阿宁被两人火花四溅的对话惹得好奇心爆棚，等阮轻寒离开了，凑到钟珥面前问："钟珥姐，你没惹着这位阮先生吧？怎么感觉他好像生气了？"

"嗯？"钟珥盯着门口发愣，被阿宁的声音牵回神，笑了笑，"说来话长。"

阿宁点点头，准备好洗耳恭听了，钟珥却没打算娓娓道来，看了眼墙上的壁钟，转身就走。

"午休还有点时间，我先去休息室眯会儿啦。"

落在她身后的阿宁想听八卦的愿望落空。

就算说来话长，也可以长话短说啊！

而另一边，阮轻寒回到车上，盯着微信里一条加好友通知看了几秒，点了拒绝。

03

鉴定中心这几天来了个顶替莹莹的实习生妹子，钟珥临危受命带了几天。把新人手把手带熟其实是很费心力的，经这一次，她算是能体会到孟妍当初带她时的辛苦。

好不容易轮到休息日，压在背上的包袱总算可以卸去，钟珥前一晚熬到两点多，睡前特意关掉了手机，打算舒舒服服睡到自然醒。

不承想隔天早上九点还没到，就被一阵喧闹声吵醒。

声音是从对门传来的，像是在搬运什么大型物件，电梯一趟趟的，还有号子声。

总之，震得钟珥赶紧捂住耳朵。

上个邻居刚搬走一个月，这会儿怕是又来了一位新租客。

钟珥开了道门缝，瞥到对门大剌剌地开着，几个人搬进搬出，一个黑 T 花臂的男人在门口指挥：

"这机器稍微有点重，可别手一轻摔着了。"

"不是嘿，你这要斜着放，不然会撞到墙砖。"

"这柜子就放在大厅吧，之前的可以换掉了。"

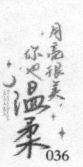

说话的腔调莫名有些耳熟，但看这一身社会气息，钟珥觉得那一秒的耳熟应该是错觉。本想着提醒下他们不要大清早制造噪音，但看到那人臂上蜿蜒的花纹，她选择放弃。

　　也是奇了怪了，怎么最近碰到的男人，一个一个都这么喜欢刺青呢？

　　戴着隔音耳塞勉强躺了个回笼觉，钟珥睡到中午，起来做了碗鸡蛋面，又随便捯饬了一下准备出门。

　　刚才接到江美惠的电话，说是钟子续身体不舒服住院了。她得去看看。

　　夏秋交季，天气变化如小孩儿的脸，前一秒还阳光明媚，下一刻就阴云攒动下起了雨。

　　钟珥撑着伞在医院旁边买了束花，走进住院部大楼，沿途遇到几个白衣天使，为首的护士长笑着冲她打招呼。

　　"小耳朵，好久不见，过来看钟主任吗？"

　　钟子续是市医院的外科主任，钟珥小时候经常来给他送饭，因为长得可爱，医院的同事们都很喜欢她。

　　"郑阿姨，我爸他没事吧？"江美惠在电话里只说是不舒服，钟珥觉得还是有必要找知情人摸个底。

　　"没什么大事，就是累到了。这几天医院很忙，昨天下午两台手术连轴转，晚上又值班巡房。"说到后面，护士长压低声音嘱咐着，"你要是去看他，尽量不要气他，他情绪受不得刺激。"

钟珥点点头："好的，谢谢郑阿姨。"

钟子续住在三楼走廊尾的最后一间病房，江美惠正在喂他吃橘子，咀嚼的动作因为钟珥的出现缓慢停下来。

钟珥将手中的花找了个瓶插好，走到床边喊了声："妈、爸。"

"不吃了。"把嘴里的一瓣橘子勉强咽下，钟子续拒绝妻子的继续喂食，抬眼睨着钟珥，"你怎么有空过来了？"

"这不是，过来看看您嘛。"

"小病而已，不用耽误你浪费时间过来一趟。"

江美惠推了他一把："女儿好不容易来看看你，非得再把她气走吗？"

"她要走咱也留不住。"

钟珥忙接话："哪能啊，您是我爸，来看您是应该的。"

"这会儿知道表孝心了？当初毕业找工作的时候怎么不记得我是你爸？"

钟子续浸淫医学多年，一直想着让女儿也入这行，当初好说带劝才让钟珥把高考志愿从某理工大学改成医学院，等她毕业的时候他都打好关系准备让她来市医院实习了，她却二话不说改行进了鉴定所。

钟珥笑着服软："您看您，还在跟我置气呢？"

钟子续冷哼，正想说些什么，病房外进来了一个人，腋下夹着一份材料："主任。"

声音朗朗，引得钟珥也回头看，是个穿着白大褂的男医生，看上去很年轻。见她回头，他也冲她微笑点头。

"哦，小张来了。"钟子续接过他的材料，翻开认真扫了几眼，签上了名字，"我今天休息，要多辛苦你了。"

"没有的事。"他笑了笑，"食堂要开餐了，我要不帮您打包一份清淡点的饭菜送上来吧？"

钟子续挥手："不用，让这丫头跟你去吧。"指了指钟珥，"这是我女儿钟珥。小珥，这是张医生，张子铭，也是你们学校的，比你低一届。"

那句"也是你们学校的"明显加了重音，其中恨铁不成钢的意味大概也只有钟珥能听得出来。

市医院的食堂很大，张子铭领着钟珥走了一圈。对比她们那个小食堂，钟珥咂舌："你们的食堂可真大。"

张子铭道："鉴定中心的食堂应该也不错的。"

钟珥一愣，本想问他怎么知道自己在鉴定中心上班，但想到他跟在钟子续身边，多少会听说一点她家的事。

她索性干笑一声，换了个话题："没想到张医生也是青医的，倒真是有缘。"

"是啊。"说到这里，张子铭感叹了一句，"钟珥小姐当初可是医学院的风云人物呢，我刚进学校就听过你的事迹了。"

钟珥茫然："事迹？"

张子铭清了清嗓子，提示："就是，学校论坛那件事……"

经他点拨，钟珥反应过来，没脸接话。

什么事迹啊，那简直就是黑历史！

黑历史的源头要追溯到军训那年，钟珥因为不服阮轻寒的管，暗地里洋洋洒洒写了好几封投诉信塞进校长信箱，但都如石子投进死水，没一个响。

上面没反应，她只好自己想办法。

过几天，医学院的灌水论坛上出现了一条阮轻寒的征婚帖，照片、文案一应俱全，末了还留下微信号：有意者欢迎加微信联系。

微信号是钟珥向其他教官打听的，但她发帖时忘了切换小号，没想到仅半天时间，这个帖子就成了论坛上的热帖，跟帖的回复高达五百多楼。

有好事者直接把截图传给了阮轻寒。

于是第二天午休，钟珥就被阮轻寒单独叫到了一边。

他凝神打量着她，缓缓道："听说，你在给我征婚？"

截图里的发帖人叫"钟小兔耳朵长"，他看一眼就知道是谁了。

钟珥也不否认，挺直脊背："报告，是的。"

"理由？"

"为了感谢阮教官这段时间的关照，想帮教官脱个单。"

阮轻寒挑眉："你怎么就知道，我一定没有女朋友？"

钟珥仰头看他，真诚地问："那教官有吗？"

阮轻寒被她直白的问题噎住，没答话。

看他这样钟珥心下了然，狡黠一笑："原先不知道，现在知道了。"

"你发帖之后，有很多学生加我。"

"说明教官人气高，受欢迎。"

"伶牙俐齿。"阮轻寒背着手，扫了她一眼，"散播隐私，影响他人的生活，如果这事被校方知道，你会有什么后果？"

他说得云淡风轻，但钟珥知道，他并不是做不出来。

发征婚帖玩笑归玩笑，要是当事人真的因此受了影响，她这个始作俑者估计要吃一顿警告了。

钟珥自诩女汉子能屈能伸，不就是折个腰吗？

她低头，牙槽咬得咯咯响："报告，阮教官，我错了。"

"哪儿错了？"

"……"借口还没想好。

"答不出来？"阮轻寒点评，"态度不够端正。"

钟珥一顿，闷着一股气，老老实实地回答："我错在不该未经你同意散播你的联系方式，还编造你在征婚。"

白净的小脸这几天被晒黑了几个度，绑在脑后的马尾不耐烦地甩着，虽说是认错，表情却丝毫没有要悔改的意思。

阮轻寒瞥了她一眼，想到自己昨天被微信加好友的消息通知耗到没电的手机，他抿唇轻道："那么，给你一个补过的机会吧。"

隔天，医学院的灌水论坛又出现了一条征婚帖。

发帖人还是"钟小兔耳朵长"，配图是一张军训的照片，太阳反光，照片模糊得看不清女孩儿的正脸。

文案跟上次阮轻寒的差不多，同样也在最后附上了微信号。

这回看热闹的校友居多：

"最近开始流行征婚了？咱们这个论坛是被月老开过光吗？"

"楼主是专门帮人征婚的？母胎单身可以联系你报名吗？"

"同一个楼主，不同的征婚对象，为何不把他俩凑一块儿？"

"楼上说得有道理。"

"……"

钟珥耷拉着眼，将发帖截图丢给阮轻寒："阮教官，这样可以了吗？"

她万万没想到，阮轻寒说的补过的机会是让她发一个自己的征婚帖。

以牙还牙，正负抵消，还真是机智呢。

她恨恨地盯着屏幕等了半天，那头终于悠悠地回了一句：

"态度不错。"

钟珥："……"

这会儿大概没人能想到，等日后钟珥跟阮轻寒在一起了，这两个征婚帖会被校友们又挖出来，发帖人也被大家认出是钟珥本人。

于是，钟珥将靠着用两条征婚帖成功捕获男神的事迹，在青医流传开。

04

很快到了 10 月底。

钟珥照着池遇给的建议买好了出行装备，因为是要耗费体力的运动，她尽量减压，轻装上阵。

路蒙山小分队的集合地点在雨花公园，据说会有车在那儿等着接送。离钟珥住的地方不算远，她起了个大早，过去时只看到了池遇。

池遇看了眼她的背包："你东西都带全了吗？"

钟珥点头："差不多了。"

两人虽然之前在鉴定中心见过面，网上也聊过天，但话题都仅限于这次的活动，单独待在一块儿还是有点尴尬。再加上被孟妍那一搭线，感觉这次路蒙山之旅都是在变相相亲。

最怕空气突然安静，钟珥只好主动找起话题："大家来得好像都挺晚。"

池遇望了眼手机时间："是咱们来得太早了。"

集合时间是九点，这会儿才八点半不到。

气氛一时间有点僵滞。

两个都是"话题废"，说什么都是尬聊，钟珥索性闭上嘴不说话，安静地玩手机。

过了会儿，队友们陆陆续续地抵达。

钟珥只记得他们群里的名字，打招呼的时候不知道说什么好，反倒是他们自来熟得很，一口一个"小耳朵妹子"，仿佛大家都是老相识。

但其实，钟珥进群以后从未说过话，更谈不上熟识了。

见她一脸茫然，池遇主动上前科普："那个笑起来眯眯眼的是'大灰狼'，那个瘦高戴着眼镜的是'一粒微尘'，嘴角有颗痣的卷发女生是群里的'可可最可爱'……"视线再往右移，"路边那辆黑色法拉利看到了吗？车上下来那个寸头就是这次的领队Rer，他旁边的女生，"他停顿了下，"叫张萌，也是这次活动的成员。"

钟珥顺着池遇的介绍一个个看过去，勉强能把大家的特征和微信名字联系在一起。

目光落在Rer身上时，她瞳孔蓦地一缩。

寸头，不苟言笑的脸，眼神正好移过来，与她对视。

钟珥愣怔两秒迅速反应过来，扭头看向池遇，小心翼翼地确认："你说，那个冷面寸头男，是Rer？"

如果没看错的话，那张脸分明是阮轻寒。

阮轻寒是Rer？

池遇点头："对，他姓阮。"

阮轻寒一下车，就接收到了各方意味不明的眼神，有一半在他和张萌身上打着转。

一粒微尘扶了扶镜框，率先开口："Rer哥这次是……撒狗粮来的？"

也不外乎他们会这样想，毕竟之前都是张萌主动黏着阮轻寒，这种两人同车同框的画面大家还是第一次见。

余光瞥见钟珥的视线也跟了过来，那眼神夹杂了几分惊诧。阮轻寒难得解释："不，只是顺路带了一程。"

张萌顺着他的话道："对，我跟轻寒住一个楼层，挨得比较近。"

一旁的可可扬声惊叹："你们都住一块儿啦？"

大灰狼在身后拍了拍她的脑袋："是同一层不是同居了，你这个笨蛋。"

可可回头辩驳："四舍五入可不就是同居了？"

一粒微尘附和："对头，张萌妹子下手真是利落干脆。"

贫嘴时间结束，接下来是集合点名。

队列排好，阮轻寒把名字挨个儿念了一遍，最后轮到钟珥，他抬眸看了她一眼。

"第一次参加的新人，跟大家介绍下自己吧。"

众人的目光霎时都聚集在了钟珥身上。

被点名点得突然，钟珥差点被自己的口水呛到，这种成为焦点的感觉真是让人无所适从。

她走出队列，站到阮轻寒旁边，面对着大家。

"大家好，我叫钟珥。钟灵毓秀的钟，王旁加耳朵的珥。是一名 DNA 鉴定师，第一次参加这种户外活动，还请大家多多关照。"

十分捧场的鼓掌声响起，还有人吹了声口哨。

"听说钟珥妹子是小池带进来的，反正我们关不关照不要紧，有小池关照就行了吧。"

有人感叹："Rer 和张萌，钟珥和小池，看来这次不用带吃的了，狗粮管饱。"

说曹操曹操到，话题中心之一的张萌走到钟珥面前，齐肩短发利落扎了几个辫子，眼眉微挑，带了几分妩媚。

张萌冲她伸手："你好，我叫张萌，是池遇的同学。之前没听他提起过你，不过很高兴认识你。"

钟珥微微一笑，握住张萌的手："我是池遇小姑的同事，要是不介意，你可以跟池遇一样叫我钟珥姐。"

这话直接撇清了她和池遇的关系，张萌微愣，点头收回了手。

阮轻寒瞥过来："好了，上车吧。"

大巴车上空间很大，池遇坐前排，钟珥怕晕车，坐到了最后一排靠窗的位置。

刚坐下，身边挨过来一个身影，笑得眼眉弯弯，是可可。

可可对她的职业似乎颇感兴趣，单刀直入："哎，小珥，你刚才说你是鉴定师，是做那种亲子鉴定吗？"

钟珥点头："是的，DNA鉴定，其中包含很多方面。"

"那是不是会遇到很多狗血的事？我今早才看到一个新闻，说的是父母带一对双胞胎去做鉴定，结果有一个不是亲生的。"

她的好奇心丝毫不输给所里的阿宁，钟珥失笑："这种事情也是有可能发生的。"

"那遇到这种情况，家属们都怎么办？"

"怎么办？"

"比如生气吵架撕破脸皮，需要你们出面调解？"

钟珥想了想："也不是没有。"

可可兴奋："好刺激，感觉都是现实版的八点档狗血剧啊，有点想看！"

普通人听到这个只会感叹这行业缺德，毕竟鉴定结果一出来，大部分家庭都会分崩离析。可可的脑回路格外清奇，已经是钟珥的意料之外了。

钟珥抿起嘴角，视线看向窗外。

路蒙山在青城的最南边，坐大巴过去要两个小时，出了市区就是山路了，坡陡十八弯。

这次的户外活动一共要花三天两夜的时间，阮轻寒制订好路线，跟山上的负责人打了个电话。结束完通话，就听到车里响起细微的声响。

"呃……呜——"像是想呕吐却极力用手捂住的闷哼。

大巴车身随着山路颠晃，车里的人一半在补眠，可可跟大灰狼在玩"双排"，怕吵到钟珥，自觉和她隔了两个座位。

钟珥被这颠簸弄得胃里翻腾，想推窗呼吸新鲜空气缓解一下，可窗户还没推开，一股酸气自喉头涌上来。

"呜——"

路程不远，她出门就没带晕车药，结果这会儿脑袋又闷又难受，反胃想吐，只好用手捂嘴勉强撑着。

面前忽然覆下一道身影。

淡淡的松香气息扑面，骨节分明的手指拨开一个黑色塑料袋兜在她下巴处。

"吐吧。"

抬眸，阮轻寒单手撑在座背上，穿着件薄黑长袖，垂眼看着她。

声如温玉，清朗沉静。

钟珥有些意外，乖乖伸手接过塑料袋，但半道被他挡了回去。

"我拿着，你吐吧。"

自从上次见面不欢而散，钟珥隐约能猜到阮轻寒是故意装作不认识自己。虽不知道理由，但为了避免相处尴尬，这次再见她也乐得配合他做彼此的陌生人。

他想当个送温暖的贴心领队，她这个弱鸡队员也没理由拒绝。

胃蓦然一抽，喉头涌上一股热意，她无暇顾及其他，就着阮轻寒的手在塑料袋里吐了个天昏地暗。

她吐完，边上递来一瓶水。

"漱口。"

等钟珥漱完口，阮轻寒将袋子扎紧，丢进车上的垃圾桶。动作一气呵成，又从口袋里摸出个黄灿灿的橙子，在她旁边坐下。

钟珥看着他三下五除二地把橙子剥皮，露出晶莹饱满的橙肉。她早餐本来就没吃多少，刚才全吐出来了，这会儿胃里空落落的，看到吃的忍不住咽了咽口水。

阮轻寒睨了她一眼，问："想吃？"

经过刚才那番动静，车上人已经醒了一半，视线齐齐望向他们俩，显然没明白是怎么回事。

被几个人盯着，钟珥就算馋也要保留一点矜持，遂摇头，别开脸："不想吃。"

"嗯。"阮轻寒撩起眼皮，将剥下的一整块橙皮丢给她。

"那就闻下这个吧。"

"？"

"能缓解晕车。"

说完，留下愣怔的钟珥，他起身离开，走到大灰狼旁边，将橙肉给大灰狼。

大灰狼正打着游戏，面前平白伸出的一只手差点没让他翻白眼，抬头看到是 Rer，白眼换成了一个狗腿的笑脸。

"谢谢 Rer 哥。"

果肉酸甜多汁，入口醒神，大灰狼边吃着边分给可可两瓣，却被她嫌弃地拒绝掉了。

"怎么了？"

偷瞄了全程的可可无语："Rer 没洗手剥的你也吃？"

大灰狼不明所以："没洗手怎么了，他也没做什么啊。"

可可想说什么，视线瞥到钟珥枕着座背将那片橙皮抵在鼻下，又咽下话。她眼珠子一转，语焉不详："是没做什么，你吃吧，狗粮的味道。"

大巴车停在了荣源山脚下，这里有家歇脚的饭店，众人吃过午饭后休整了一会儿就开始动身出发了。

路蒙山在荣源山后面，几座山峰连在一块，沿途有不少观光点，阮轻寒先带着大家去荣源山腰有名的问安寺上了香。

百年古刹，香火盛旺。庙里人来人往，钟珥没什么愿望，就站在门口等着，脚尖百无聊赖地碾着地上的石子，一不小心踢远了，滚到一双鞋边。

顺着鞋往上，看到了张萌那张冷淡没什么表情的脸。

她打招呼："这么快就出来了？"

张萌点头："只去了月老祠。"

"求姻缘？"

话出口她想到了阮轻寒，张萌面对别人一脸冷淡清寡，唯独在阮轻寒面前会露出鲜见的羞赧模样。

其心昭昭，众人皆知。

张萌也没否认："愿望不多，唯独这一个，希望月老他老人家能听到吧。"

第一天路线不算紧凑，离开问安寺，一行人沿着荣源山攀爬，沿途都是灌木丛林，植被连绵覆盖，景色宜人。不过钟珥没多余的心思观赏风景，她自从工作后很久没锻炼过身体了，这回跟着队伍爬了半天山，感觉一双腿像灌了铅似的。

好在这次路线时间充足，大家也不赶节奏，下午五点抵达荣源山上的一处营地，开始扎营。

一队十一人，三个女生的睡袋支在一块，钟珥的体力已经透支得差不多了，只想躺进睡袋眯一会儿。张萌拿着手机在拍照，镜头跟着阮轻寒的动作而移动。

可可叼着根棒棒糖坐在钟珥旁边，目光悠悠落在队员们身上。

晚上有篝火，阮轻寒带着几个男生在清理地方和拾柴。

夕阳挂在天边，把周遭的云朵晕染出几分颜色，薄金色的余晖照得山上风景多了几分童话般的美感。

岁月静好，风光美妙，适合睡觉。

然而就在钟珥睡得迷瞪之际，忽然被一声尖叫惊醒。

她吓得一激灵，猛地坐起身："怎么了？"

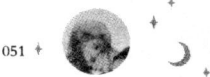

可可将她拉起来，两人向声源走去："张萌好像遇到蛇了。"

不远处的树林里，几个人影走出来。

池遇用树枝夹着一尾小青蛇，他身后跟着阮轻寒，阮轻寒身上挂着一个细瘦的"人形挂件"。张萌紧紧地攀着阮轻寒的脖子，跟树袋熊似的四肢将他抱得很紧，脸埋在他的肩颈处，只留给大家一个瑟缩的背影。

那尾蛇还在蠕动，轻轻吐着芯子，虽然被树枝夹着，总觉得下一刻就会挣脱。钟珥抓着可可后退了一步。

"这是绿锦蛇，没毒的。"看到她的动作，池遇解释。

张萌抱得阮轻寒很紧，他花了会儿工夫才将她从身上移开。

张萌也很快察觉到自己的失态，缓了缓气息，终于冷静下来。

"不好意思啊，刚才只顾着拍风景忘了看路，不小心踩到蛇了。"

虽然平时大家在群里聊天都百无禁忌，关键时刻还是会关心地问两句。等他们一一说完，阮轻寒才道："不只是她，其他人也要注意安全。虽然这里是景区营地，但为了保证生态平衡，工作人员一般不会插手干预。就算是没毒的虫鸟蛇兽，遇到了也要小心。"

他的目光扫过众人，最终落在钟珥脸上。

钟珥微愣，怎么觉着他这话是专门在对她说的？

小插曲结束后，可可扶着张萌回睡袋，池遇去解决掉那条蛇，其他人继续各做各的。

刚才眯了一会儿，钟珥已经恢复了些精神，干脆跟着一粒微尘一块搭柴火准备晚上的篝火。

回身看到阮轻寒从睡袋出来，刚才的灰色外套已经换成了黑色连帽衫。

她迷惑："去捡个柴还要换衣服的吗？"

一粒微尘在旁边，闻声笑："Rer 哥有洁癖，他那件衣服被张萌抱过，估计会直接丢掉了。"

钟珥："？？？？"

那她在车上还被他兜着塑料袋吐呢，他回头岂不是看见塑料袋就犯恶心？

一粒微尘在车上睡得沉，错过了钟珥晕车这一幕，看见她的表情只当是觉得阮轻寒过于奇怪，忍不住想替他说话。

"其实 Rer 哥这人吧，别看他面上冷淡，其实也挺专情的。"

"哦？"

前阵子刚和其他女人做完亲子鉴定，今天身边又跟着个张萌扑啊抱的，这也算专情？

"他脖子上的刺青你看到了吧？文的是他前女友的名字，虽然两人分手了，但他还一直念着对方。"

钟珥认识阮轻寒的时候，他身上并没有刺青，所以猜测是在她之后，他又谈了一个女朋友，并把对方的名字文在了身上。

联想到他在鉴定中心跟"妻子"的疏离感，钟珥不由得脑补了一场专情男人为了家族联姻放弃喜欢的人，和现任妻子貌合神离，对前女友念念不忘，还有个只痴情痴心痴爱于他的傲娇少女陪在身边。

嗤，还真是一场大戏啊。

但不知为何，想到这里，她心里居然有点堵。

第 三 章

真心话大冒险

moon

The moon is beautiful
and you are gentle.

01

天一擦黑，晚餐后篝火燃起，众人围坐在火堆前，一天旅途的疲惫仿佛在这刻一扫而空。

大家的话题聊得广泛又热烈，钟珥坐在其中显得有些格格不入，索性捏着根木棍在地上漫无目的地画着——一个圆圆的脑袋，再描上几根头发，眼睛细长，嘴角抿成一条线。

大致的轮廓出来，她几乎愣住，心虚地瞄了眼坐在对面的男人。

阮轻寒正在跟一粒微尘说话，火光映照得他的脸更为立体。他半垂着眼，察觉到她的视线，眼皮一抬就要扫过来。

钟珥赶紧收回目光，木棍在地上划拉几下，那轮廓顿时变成了一堆乱糟糟的图案。

一番动作被阮轻寒收入眼中，他挑眉，居然玩起了木棍，是有多无聊？

正好可可眼珠子骨碌一转，适时提出建议："要不咱们来玩游戏吧？"

旁边的大灰狼率先响应："行啊，什么游戏？"

一粒微尘戏谑："先说好，不刺激的不玩啊。"

宋闻景凑过来："素材有了，我负责拍照呗。"

宋闻景是群里的那位"谁还不是个孩子呢"，名字倒是比 ID 更符合本人的特性，是个文艺青年，自告奋勇要担任这次活动的全

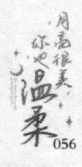

程摄影。

可可看他一眼："那你可得好好拍，千万别手抖。"

宋闻景露出一口白牙，晃了晃挂在脖子上的相机："遵命，可可大小姐。"

见大家这么积极，钟珥也没忘自己这次出来的任务，游戏是最能加深了解和熟悉的方法，她丢掉手里的木棍："那加我一个。"

"Rer 来吗？"可可在问阮轻寒。

钟珥顺着声望过去，正撞上他的视线，他深眸微动，点了点头。

坐他身旁的张萌举起了手："那我也来。"

随后池遇和另外几个队友也加入进来，人数差不多够了。

游戏类似击鼓传花，先选出一位玩家出列背对大家，其他人则围成一圈在十秒内顺时针传递道具，时间一到拿到道具的人要迅速藏好道具，之前选出的玩家则负责猜出道具在谁的手中，共有三次提问机会，如果猜对了，藏道具的人接受惩罚，反之猜错的人接受惩罚。

由于缺乏道具，可可取下她发间的草莓发夹代替。

大灰狼跃跃欲试，然而运气不佳，猜了一把藏了一把都以失败告终。一粒微尘捏着发夹笑得狡黠："真心话大冒险？"

大灰狼哼哼一声："真心话。"

"第一次接吻什么时候？"

大灰狼想也不想就利落地回答："大学。"

刚说完，可可目光斜过去，笑眯眯地说："你确定？"

不知怎的，大灰狼从这话里听出了威胁，心里发毛。

他神色颇不自然地改口："中……中学。"

众人惊了，一粒微尘咂嘴："行啊老弟，你这意识觉醒得够早的！"

"你想多了，那时候我溺水，是个大爷人工呼吸救回来的。"毕竟是糗事，大灰狼不愿多提，话锋一转，"我说完了。好了，下一把。"

由于大灰狼开了个两连败的头，没人想当出头鸟，只好在微信群里扔骰子表决，点数最少的出列。

钟珥盯着屏幕上自己扔出的骰子，她刚才手抖点了三次，不想三次都丢出一个大大的红点，夹杂在一群二四五六的点数中格外刺目。这运气差得实在没眼看，连可可都感叹她是不是被大灰狼暗中输送了"非酋"的力量。

钟珥心里苦哈哈，面上还得若无其事地微笑："没事儿，我跟'1'有缘。"她给自己打气，好歹曾经也是游戏一把手，玩"消消乐""贪吃蛇""俄罗斯方块"都能分分钟打破纪录，猜个发夹有什么难的。

再不济，退一步，输了也不过是真心话大冒险。

这样想着，心态就放松了很多。

结果三把都没猜中。

发夹辗转到了可可手里，她同情地看着钟珥，连连摇头："小珥，

恭喜你超越大灰狼成了真正的游戏黑洞。"

钟珥："……"

"真心话，还是大冒险？"

有了大灰狼的前车之鉴，再加上阮轻寒在场，钟珥打死也不选真心话。

鬼知道他们会问些什么。

她犹豫了半秒："我选大冒险。"

三个惩罚一拥而至，前两个简单，蛙跳一圈再说个绕口令，钟珥完成得轻而易举。

到了第三个，可可摸出个眼罩蒙住她的双眼，一片漆黑，只听到一粒微尘的声音："等会儿可可会拉着你绕场一周，你可以自己停下，然后和离你最近的人拥抱一分钟。"

其实这个惩罚是不需要戴眼罩的，只是大家考虑到她是第一次参加这种集体活动，挡住视线可以避免尴尬。

钟珥方向感不好，蒙住眼睛就完全晕乎了，可可带着她走了一圈，松手后她也不敢再往前走，干脆就近向旁边的人展开双臂，做出拥抱的姿态。

那人站起身，却没有反应。

篝火噼里啪啦地燃烧着，不远处有鸟鸣虫吟，大家都在围观这边的动静。

钟珥手抬得酸了，以为对方是没注意到自己，只好开口提醒："抱。"

声音轻轻柔柔，似呢喃，也似撒娇。

阮轻寒喉结一滚，伸臂一揽，钟珥瞬时被按进一个怀抱里。

扑鼻而来的松木淡香，对方很高，她的脑袋刚好贴在胸膛的位置，心跳声震耳欲聋，也不知道是谁的。

四周的空气陡然安静下来。

虽说是大冒险，但两人拥抱的动作如此自然熟稔，也让众人稍微有些惊讶。

宋闻景更是抓住机会，捧着相机定格了这幅画面。

张萌抿紧了唇，神情冷凝。

一分钟很快过去，一粒微尘那边刚喊了停，钟珥就迅速离开了那个怀抱。

阮轻寒怀里蓦然一空，他看着钟珥揭下眼罩，冲他点头颔首，再若无其事地回到位置上。

丝毫不拖泥带水，甚至可以说是，有点无情。

而钟珥的脑回路此刻已经跑偏到了外太空，玩个大冒险居然能撞上阮轻寒，还是有身体接触的那种。余光偷瞥他微微皱起的眉头，她在心里叹气。

完了，又有一件衣服要被当成垃圾扔掉了。

洁癖真可怕。

等篝火结束后已经凌晨，钟珥简单洗漱完就进睡袋了。

结果前一晚喝了太多水，五点被尿意憋醒，昨天在树林里见到蛇的那一幕记忆犹新，她实在不敢冒险再进去。

但人的三急不受控制，亟需解决的生理需求战胜了那一点胆怯。

她把自己裹得严严实实，拿着一个手电筒出了帐篷。

五点多的天色已经有泛白的趋势，天上挂着几颗疏星，一弯月牙垂在天边。

这个点格外安静，连风声都能听得很真切。清冽的山风，夹带着细微的脚步声，钻进了钟珥的耳朵。

前面不远处，一个黑影站在那儿。

钟珥拿着手电筒照了过去，看清了脸："阮轻……阮领队，你怎么在这儿？"

阮轻寒眯着眼："把手电筒挪开。"

钟珥乖乖把手电筒光移到地上。

阮轻寒道："起夜。"说着又抬眼打量她，娇小的身体罩在宽松的风衣里，脚上套了双靴子，"秋老虎还没过，你冷？"

半道撞见他，钟珥差点忘了自己出来的目的，看了看他身后黝黑深沉的树林，又看了看他，犹犹豫豫地开口："你能不能……帮我个忙？"

她鲜有示弱的时候，阮轻寒不由得有些意外："怎么了？"

"我想上厕所，但树林里之前出现过蛇，我……"要让他陪她去上厕所，钟珥实在难以开口。

只是话未说完，阮轻寒已经猜出她的意思。

"走吧，我替你守着。"

阮轻寒这个人，虽说是半个面瘫，气场让人难以靠近。但有他在身边，还是让钟珥充满了安全感。

放心地解决完生理需求，钟珥走出树丛。阮轻寒正在看手机，淡淡的屏幕光照在他脸上，坚毅的轮廓被镀上了一层柔和的光。

再回想刚才的场景，钟珥有点尴尬，走到他面前。

"那个……谢谢啊。"

这是两人重逢以来，她对他说的第一句真心实意的客套话。

阮轻寒抬眼睨她，云淡风轻地扯了扯嘴角："头一回见你这么客气。"

"……"是明晃晃的讥讽没错了。

可是人家刚才帮了忙，总不能过河拆桥甩脸色。

钟珥在心里默念了五遍"莫生气"，从善如流，浮起一个笑："那你忙，我就先回帐篷了。阮领队晚安。"

白天还有路线要走，她现在只想结束话题，赶紧回帐篷钻进睡袋补个回笼觉。

可偏偏阮轻寒不给机会，叫住了她。

"等等。"

一双沉静的眸子撞进她眼里。

"想看日出吗？"

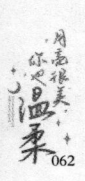

02

荣源山上有个看日出的绝佳位置，离营地不远，但天色尚早，距离日出还有些时间。

钟珥望着东边鱼肚白的天空，不明白阮轻寒葫芦里卖的什么药，她困得要死，他却悠闲自得、云淡风轻，问她想不想看日出。她还没来得及拒绝，就被他一句话给堵没了：

"既然想谢谢我，总要付出行动。请我看日出吧。"

眼皮在打架，她迷瞪着眼扭头商量："要不，我先去洗漱，等会儿太阳出来了，你再叫我？"

她素着一张脸，头发蓬乱落在两肩，邋里邋遢连自己都看不下去。

阮轻寒却不甚在意："没事，等会儿看完再去吧。"

人家都这么说了，钟珥也只好作罢，乖乖坐在他旁边，盯着天边一片白发呆。

盯得久了，眼睛发酸，她索性合眼假寐，找话题打发时间。

"阮领队做这一行，有多久了？"

重逢以来，阮轻寒无时无刻不在刷新她对他的认知，她怎么也想不到，当初那个铁骨铮铮的男人，不仅娶妻生子了，还从军人变成了一家户外俱乐部的领队。

听池遇说，他还是轻行俱乐部的主要负责人之一，轻行在青城的户外圈小有名气，算是已经立稳了脚跟。

他尚年轻，但所谓的成家立业，他都做到了。

阮轻寒的声音淡定轻慢，缓缓道："从跟你分手的半年后到现在，算算！"

话说出口没有回应。

肩上忽然一沉，侧过头，一颗脑袋靠在了他的肩上。

钟珥紧闭着眼，睫毛似一弧小扇盖住眼睑，呼吸绵长。

睡得倒是挺快。

怕她重心不稳倒下，他换了个姿势，将她小心翼翼地揽进怀里。

比起几年前的豆芽菜身材，她似乎长了点儿肉，抱在怀里软乎乎的，不至于硌到自己。

阮轻寒垂眼看着她，眼眸微暗。

太阳穴在突突跳着。

小没良心的，别的不说，和他分手后倒是一点也没亏待胃。

两人就着这个姿势坐了很久，直至白茫茫的天幕变得湛蓝。

一轮红日从地平线上缓缓升起，周边的云彩被晕染成了金色，连带着几座山峰都蒙上了朝晖。

山风擦过身侧，树丛随风摇摆。

钟珥梦到自己坐在一架秋千上，秋千在半空荡来荡去，本该失重的身体被一双手稳稳揽住，有清冽的气息钻进鼻子里，这感觉似曾相识。

再醒来时已经回到了帐篷，队员们都陆续洗漱完毕，阮轻寒正在发放早餐面包。

可可拿来了钟珥的那份，顺带摸了摸她眼下的青灰："第一次远足，没休息好吧？"

阮轻寒表情如常，精神抖擞。钟珥怀疑清晨的偶遇只是个梦，晕乎乎地点着头："有点。"

可可钩住她的肩，笑道："先吃早餐补充点儿体力，今晚在路蒙山腰的酒店落脚，可以洗个热水澡好好休息一下。"

今天的行程安排得比较紧凑，一队人要穿过苑河古道和小枫林，在景点特设的驿站解决午饭后，还要在下午六点前抵达路蒙山腰的酒店。

路程不短，阳光热烈，钟珥戴着渔夫帽抹了防晒霜，双颊还是被晒得红彤彤的。

不过比起昨天，她今天总算有了户外秋游的感觉。

一行人沿途拍拍照，游山玩水，虽然精疲力竭，仍觉其乐无穷。

下午到了酒店，钟珥吃完晚饭就回房间补觉了，结果睡得迷蒙之际被可可敲开门，要邀请她去玩剧本杀。

"可以不去吗？"她补了这一会儿觉还是觉得累，只想继续咸鱼躺。

可可伸出食指一晃："一把，就玩一把。"

"……"剧本杀这种游戏，一把也要几个小时呢。

不过看到可可用那双水汪汪的眼睛瞅着自己时，钟珥没忍住心软，还是应下了。

酒店里有专门的桌游室，除了张萌跟池遇出去买东西不在，其他人已经入座了。

这次玩的剧本杀是个古言故事，大致讲的是西风客栈的老板娘顾西风突然暴毙而亡，而店小二和近期入住的几位客人都很有嫌疑，大家要根据剧本内容讨论线索推进剧情，推理出谁是真正的凶手。

剧本名叫"西风独自凉"，钟珥忍俊不禁，作者还真是会取标题。

可可叼着根棒棒糖，公布她的角色："我拿到的身份是位花魁。"

大灰狼一听乐了，上下扫她一眼，啧啧感叹："花魁有的你都没有，还是让贤吧。"

可可挺起小身板，作势拎起剧本："你再说一遍，打死你。"

大灰狼假装缩起肩膀，瑟瑟发抖："哎呀，我好怕。"

"你俩打情骂俏可够了啊。"一粒微尘压下两位队友的飙戏欲望，"其他人先说说你们的身份卡呗。"

大灰狼哼哼："我是赶考书生，寄住在西风客栈。"

宋闻景慢悠悠道："我是兢兢业业的店小二。"

一粒微尘扶了扶镜框："我是普通商人。"

"……"

前面几位陆续说完，轮到钟珥，她清了清嗓子："我是避暑山庄的少夫人，陪夫君出门办事。"

阮轻寒最后收尾，神情有些许的微妙，看了钟珥一眼，道："我是避暑山庄的少庄主，"顿了顿，"也是她夫君。"

"夫君"二字说得掷地有声，钟珥呆了呆，随后反应过来，她和他拿的居然是夫妻角色？

众人听完笑着起哄："哦——"

可可幽默地打趣："可以啊小珥，张萌追了 Rer 这么久都没有进展，你这一来就把他变成夫君了可还行？"

钟珥尴尬地轻咳两声："别胡说，只是个游戏。"

阮轻寒没说什么，微抬下巴："继续吧。"

钟珥之前玩过几次线上的推理 App，因为拿的平民牌居多，大多时候都是在帮队友分析排错。不想这次居然拿到了凶手牌，她只好一边撇清嫌疑，一边将锅甩到扮演商人的一粒微尘身上。

一粒微尘眼皮一跳："钟珥你是跟我有仇吗？"

钟珥心说不好意思，但面上还是镇定地搬出了一系列论据，故作无奈："没办法，你确实很有嫌疑。"

一粒微尘哑然无语，看向阮轻寒："Rer 哥，你觉得呢？"

女人什么的都不靠谱，他决定跟着阮轻寒走，他要撇清嫌疑，他是无辜的。

然而，他的希望落空。

"我觉得，"阮轻寒支着下巴，不紧不慢道，"我娘子说得对，你确实很有嫌疑。"

为了方便剧情分析，大家在讨论案情的时候都会把自己代入角色。钟珥和阮轻寒拿的夫妻牌，他叫她"娘子"并没有什么问题。

只是钟珥冷不丁听到那句称呼，心口还是"咯噔"了一下。

好奇怪，明明已经早就跟他断了关系，可是久别后再相见，她还是会为他的某些动作和话语而悸动。

不该这样。

她用剧本给自己扇风，试图扇掉脸上的热意，心里默念这是游戏，游戏而已。

03

一场剧本杀玩得钟珥差点心律失常，等回到房间洗完澡才逐渐平复。

估摸着是下午那会儿补眠起效果了，钟珥这会儿在床上滚了几遭都毫无睡意。

她盯着洁白的天花板上橙黄色的灯光，长叹一声，蒙住了眼睛。

她还在回想清早那个似梦非梦的画面，起夜遇到阮轻寒，阮轻寒让自己陪他看日出，他们坐在山头望着白茫茫的天空，然后呢？

她想不起和他聊了什么，也不记得到底有没有看到日出。

果然还是个梦吧。

担心自己这一晚又要失眠，钟珥起身从衣服口袋里拿出手机，想设个闹钟。

结果随着手机一块掉出来的，还有一枚黑漆壳的 zippo 打火机。

一眼就认了出来，是阮轻寒的。

她曾见过他抽烟，打火机在掌心掂来转去，动作散漫慵懒，让人印象深刻。

只是绞尽脑汁也想不到这打火机是什么时候掉进她口袋的。

不过既然是别人的东西，总要还给人家。时间不算太晚，钟珥决定把打火机给阮轻寒送过去。

然而钟珥选的时段不太凑巧，过去时阮轻寒正在洗澡，敲了几分钟门才收到他姗姗来迟的回应。

房门裂开一道缝，露出阮轻寒半张冷淡的脸，像块冒着寒气的冰，冻得钟珥不由得打了个冷战。

不过能理解，洗澡洗到一半被人打扰，搁谁身上也会不高兴吧。

看到敲门的人是她，阮轻寒收敛了神色，问："找我有事？"

房门又拉开了一点，钟珥避无可避地看到了他赤裸的上身，头发还湿漉漉的，正往下滴着水，水珠砸落在胸膛上，缓缓滑过精壮结实的小腹。

他腰腹的肌肉随着呼吸起伏，一块、两块……钟珥瞄了瞄，一共有六块腹肌，形状极漂亮。

她耳根子燥红，脑海里不合时宜地冒出了一句话——

哥哥的腰，致命的刀。

瞧得入神，耳边响起一道声音："怎么样，满意吗？"

察觉到她的视线落在自己的腹肌上，阮轻寒手臂随意地搭在门上，唇边难得漾起个戏谑的笑。

没有打算遮挡的意思，任她看个够。

钟珥吞了吞唾沫，点点头："还行。"随后故作镇定地移开视线，说明来意，"你有东西落在我那儿了。"

话音刚落，旁边房间的门忽然被打开，传出大灰狼的声音，不知道是在和谁说话。钟珥还没反应过来，下一秒天旋地转，她被阮轻寒拉进了房间。

"咔嗒！"身后的门已经关上。

喧嚣都被隔绝在了门外，房间里电视开着，回荡着主持人播送新闻的古板声音。

"大半夜来我房间，就不怕被别人看到了误会？"

两人挨得近，阮轻寒没穿衣服，钟珥能闻到他身上淡淡的沐浴露的味道，不同于上次让人心安的松木香，这个味道让她有点心慌。

她不由得挣开他的桎梏，后退两步："没什么可误会的，我只是来还个东西。"

来回几分钟而已，她没打算多待。

阮轻寒套上衣服，拿一条毛巾擦头发，动作随意，旁若无人。

"你可以消息通知我，我明天找你拿。"

钟珥抿唇："没你的联系方式。"

阮轻寒停下动作，忽然一笑："也是，我的号码被你删了。"

他笑得漫不经心，却让钟珥莫名心虚，为自己辩解："后来我微信加你了，你没给通过。"

算扯平了吧？

阮轻寒瞥她一眼："你加我的时候知道我是谁？"

她诚实地摇头。

"那我为什么要通过？"

"……"

说得好有道理，她无言以对。

但过来的目的没忘，她从口袋里摸出一个东西："还你的。"

葱白的掌心躺着一枚小巧的打火机。

阮轻寒有印象，早上看日出的时候他闲得无聊摸出打火机在手里玩，在抱钟珥回帐篷的睡袋时打火机没来得及收，就顺手塞进了她兜里，没想到她会主动送过来。

他正想伸手拿，钟珥又收回去："为什么你的打火机在我口袋里？"

阮轻寒抬了抬眼皮，随口道："刚才玩游戏掉进去的吧。"

桌游室台面很高，私人物品放在上面不经意被剧本扫开掉进过衣服里也不是没有可能，钟珥不疑有他。只是还完打火机，阮轻寒手还摊着，勾了勾："手机给我。"

"做什么用？"钟珥警惕。

"微信。这次是洗澡，下次要是别的什么事……"

他话没往深处说，钟珥却明白后面的意思，咬咬牙，还是将手机拿给了他。

屏幕光照亮阮轻寒的脸，他唇边浮起一丝不易察觉的笑："看来我上次的建议你听进去了。"

终于舍得给手机设置密码了。

钟珥点头："那当然，总不能让某些人再有机会随便……"翻我的手机吧。

话未说完，她的手机就响起了解锁成功的提示音。

阮轻寒瞥瞥她："就是密码过于简单。"

钟珥一口老血哽在喉咙里。

她设置的密码可是她的生日，普通人也猜不到吧？

交换完微信，钟珥一秒也不想多待，迅速离开了阮轻寒的房间。

酒店拐角处的电梯门适时打开。

池遇拎着一袋热粥跟在张萌后面从电梯里出来，见她忽然停下脚步，脸色难看。

"怎么了？"

"没什么。"

张萌盯着消失在走廊上的背影，以及阮轻寒刚掩上的房门，托了借口让池遇先回去，踌躇了几秒，敲了敲阮轻寒的门。

阮轻寒听到敲门声以为是钟珥，一句"是不是忘了东西"刚说到一半，在门缝里看到张萌的脸，咽下后半句，略显意外："是你，怎么了？"

"买了点儿夜宵，要不要吃？"

"我不饿。"阮轻寒摇头，见面前的姑娘没有挪步的意思，挑了挑眉，"还有事吗？"

许是刚洗完澡，他此刻只随意套了件背心和短裤，被吹得半干的头发呆毛翘起，透出几分慵懒。

分明已经是二十七八岁的男人，从他身上依旧能找到少年感。

张萌看得出神，忽然想起一年前在池遇家网咖第一次见到阮轻寒的场景，他戴着耳机坐在靠窗的角落，修长手指在键盘上敲个不停，表情再冷峻，赢了游戏也会露出淡淡的微笑。

然后一把游戏打完，他将视线转向她，礼貌地问她能不能帮忙拿一瓶汽水。

她站在前台偷看了他半个小时，他误以为她是网咖新来的管理员。

那是个误会，也是她沉寂二十来年的少女心第一次悸动。

因为那份悸动，她厚着脸皮加入俱乐部，跟他走了一条又一条户外线，甚至搬到了他家隔壁，以为近水楼台总能得到月，却不想半路杀出个钟珥。

再想到刚才的那个身影，她心渐沉，抿起嘴角："你和钟珥……是什么关系？"

......

路蒙山之旅的最后一天，大家集合下山，坐上了回程的大巴。

钟珥依旧晕车，不过还好有先见之明买了晕车药，一觉睡醒就到了青城。

回到家的第一件事她先给窗台上的绿植浇了水，然后蔫巴巴地回到床上躺尸。这几天虽然玩得还算开心，但也是真的累，这会儿精神稍微松懈下来，只觉浑身上下哪儿都酸痛。

就在她迷迷糊糊睡着之际，孟妍忽然发来了一条微信慰问，知道她刚从路蒙山回来，潜台词打听她和池遇的情况。

哪有什么情况？这几天她和池遇的交集少之又少，池遇对她偶尔的照顾也只是基于孟妍这层关系，感情的火花一点没擦出来。

不过领导毕竟是好心，钟珥只好委婉地表示两人都没有这方面的意愿。

孟妍虽然遗憾但也没强求，让她剩下几天假期好好休息。

这后半句钟珥倒是乐得答应，丢开手机就躺进被窝里睡了个昏天暗地。

在这一天，钟珥家对门也搬进了新邻居。

几米外的一堵墙里，阮轻寒大致扫了眼整个房间，表情神似便秘，看向沙发上逗猫的男人："你是闭着眼睛给我收拾的？"

听说他要搬新家，陆植山立马自告奋勇要帮他的新房子布置出意见。由于轻行俱乐部的工业风设计就是出自陆植山的手，阮轻寒对他还算放心，也就随他去折腾。

只是没想到，他这次的发挥过分失常。

陆植山从猫爪子下救出差点被薅掉的头发，说道："没办法，谁让你租的这房子有些年头了，上一位租客还是个'凡·高二代'，没事就喜欢在墙上胡乱瞎画，为了挡住痕迹我只好重新贴了墙纸。"

贴墙纸没事，但这颜色也未免……

阮轻寒抽了抽嘴角："那么多颜色不选，你选什么粉色？"

"粉色招桃花嘛。"陆植山嘿嘿一笑，"况且这个骚包的颜色正好克你的性冷淡，有姑娘来你家也不至于被吓跑。"

阮轻寒眼一斜："性、冷、淡？"

陆植山忙解释："褒义词褒义词，就是夸你高岭之花。"

阮轻寒眉头皱得能夹死一只蚊子："红木衣柜、檀木书架、蓝色沙发、白色窗帘……你是把我这儿当颜料盘了，还是你最近变成色盲了？"

整个房间的颜色搭配多且杂，辣得他没眼看。

"哪能啊？"陆植山真诚解释，"这不是看你整天冷冰冰的，想给你房间多增添点儿颜色，看起来比较有生气嘛！"

其实是他二舅的家具店干不下去了，准备把店转卖，商品一律八折优惠，他又谈了个亲情价才买下了一套还算不错的家具。没想到二舅这人鬼精，东西送过来时换成了这套五颜六色的库存货，没法退，他也很无奈。

他只能再动之以情："轻寒啊，兄弟这可都是一片好心啊。"

阮轻寒按了按眉心，好心没感受到，但在这种环境下待着是挺容易生气的。

他沉声道："找人把这些东西都撤掉吧。"

他大步一迈，拉开窗帘，窗外矗立着一排排修缮过的高楼公寓，外墙砖刷得崭新利落。落日余晖铺在上面，晕出一片片的光斑。

这个小区离地铁和车站都很近，一到晚上人流量大，热闹非凡，隔着段距离都能听到小区外边摆夜摊的吆喝声。

陆植山对着怀里那只猫上下抚摸，不时捻捻耳尖揉揉肚子，直逗得它炸毛龇牙才收手。

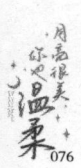

然后他看向阮轻寒，打算再争取一下："不用吧，这些家具可都是我从市场上淘来的好品种啊。"

主要是一堆东西，撤了没地搁啊。

阮轻寒瞥他一眼，淡定地回答："我买单，你拿回去送给陆叔和陆姨吧。"

陆植山："……"

两人大眼瞪小眼了半天，最终还是陆植山妥协，打电话叫来人把家具都搬走。

搬运工人正准备拆下壁纸一块带走，阮轻寒撩了撩眼皮，出声制止："壁纸不用，先留着吧。"

辣眼的东西搬完，整个房间空荡荡的，陆植山抱着猫走到阮轻寒面前，见他目不转睛地盯着壁纸看，戏谑道："哟，不是不喜欢这壁纸嘛，干吗不让人家一块带走啊？"

阮轻寒懒得理他，招呼一声："妙妙，过来。"

陆植山怀中的白猫顿时像受到召唤，挣开他的手臂，一跃跳到了阮轻寒身上，乖顺地用毛茸茸的小脑袋蹭了蹭阮轻寒的手心。

"喵……"

陆植山眼睛一瞪："嘿，你这妙妙哎，胳膊肘往外拐是不是？"

阮轻寒勾了勾唇，道："我的猫自然是向着我，它要是听你的话，那才叫胳膊肘往外拐。"说完无视陆植山吹胡子瞪眼的憋屈表情，轻轻挠着妙妙的下巴，话锋一转，"家具的事可以先放放，晚点我带你去个地方。"

陆植山眼前一亮："什么地方？"

"去了就知道了。"

04

钟珥一觉睡醒已经是晚上十一点，饿得饥肠辘辘，随便捯饬了下就出门觅食了。

这个点是不少人夜生活的开始，小区旁的夜宵摊堆满了人。钟珥本来想吃关东煮，但没耐心等，索性钻进了隔壁的超市，买了一些速食和面包牛奶。

出超市时跟一人擦肩而过，对方穿着黑色皮衣，短发齐肩扎着几根辫子。

她正打着电话，压根没注意到旁边的钟珥，行色匆匆地跟电话那头的人说道："你确定？我去过了，不在……谁知道他会突然搬家……等你消息……"

钟珥听着声音耳熟，愣了愣，等对方已经走进了人潮，才猛然惊觉，这不是张萌吗？

虽然没见着正面，但那发型和声音就是她没错了。

她来做什么？找人？没找着？

钟珥内心升起一个个问号，但立马就晃了晃脑袋，往嘴里塞了一块红豆面包，转身往回走。管她找谁呢，反正都和自己无关。

回到家，正往口袋里掏钥匙开门，裤腿忽然被什么东西扯了扯。

还有气儿似的，裤腿下的皮肤能感觉到喷气。

钟珥顿觉毛骨悚然，脑海里蹦出个吐着芯子的爬行动物的画面。

她家住十六楼，这么高的楼层出现蛇？不应该吧？

她抿唇，牙关咬得紧紧的，低头时走廊的声控灯适时熄灭，漆黑中视线往下，恰好对上一双绿幽幽的眼睛。

身上的鸡皮疙瘩都起来了，对方就在腿边，钟珥脑子飞快转动，思索着用什么方式能全身而退。

紧张的气氛一触即发，下一瞬，绿眼睛忽然眨了眨。

"喵——"

078

声音又软又轻。

声控灯重新亮起，钟珥这才看清眼前是一只浑身雪白，唯有耳尖一抹黑的小奶猫，它的前爪扒在她裤腿上，表情乖巧。

方才悬在心尖的石头落下来，钟珥松了气，一屁股坐在地上，把便利袋放在旁边，将小猫抱进怀里："呼……真是吓死我了你！"

小猫长得十分可爱，也不认生，夜色中的幽绿双眸在灯光的映照下格外湛蓝。它听着钟珥的话，无辜地抖了抖耳尖："喵——"

浑身干净，毛色也亮，一看就是被铲屎官精心照料着的。只不过身上既没有项链也没挂铭牌，不知道是走丢了还是只是从这儿路过。

钟珥给猫顺了顺毛："告诉姐姐，你是从哪儿来的？"

小猫乖巧地回看她："喵！"

"你知道怎么回去吗？"

"喵喵！"

"你饿不饿？"

"喵喵喵！"

钟珥没有能和动物沟通的能力，自然听不懂它的喵言喵语，一人一猫对视了几秒，她终是败下阵来。

十六楼只有两户租客，除了钟珥就是对门那位。想到上次对门搬家时看到的那位臂上缠了文身的健硕大高个儿，她心里有点发悚，不知道这猫是不是他的。

壮着胆儿过去敲门，门里许久也无人应答，显然是不在家。钟珥泄气转身，一阵穿堂风掠过，耳边钻进古怪幽微的轻吟，抬眸望去，邻居防盗门旁的玻璃窗被拉开手掌宽的缝隙，恰恰能容下一只小猫的出入。

窗帘遮得厚重，稍微拨开，能看到客厅里空荡荡的，她曾经看到搬进去的衣柜、茶几都不见了。猫窝和猫砂盆放在墙角，盛着猫粮的碗歪倒在一边，猫粮撒了遍地。

约莫是主人疏忽没关好窗，让小猫偷偷跑了出来。

"也不知道你饿不饿，我弄点儿吃的，你要是饿了就自己吃吧。"

钟珥起身撕了一小碗面包条，又倒了点儿牛奶，便见小猫低头舔食起来。

果然是饿了。

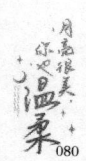

今晚月色暗淡，另一边，两个身影从酒吧里出来。

陆植山面色微醺，一只胳膊搭上阮轻寒的肩膀，笑得见牙不见眼。

"轻寒啊，我这单生意要是成了，你绝对是最大功臣。"

阮轻寒偏了偏脑袋，试图躲过那一嘴的酒气，偏偏陆植山就像块牛皮糖贴过来，非要往他身上蹭。他胳膊一抬捅了过去，后者灵活避开，嘤嘤装腔："你居然捅我，我不是你的小甜甜了是不是？"

一个大男人撒起娇来实在要命，陆植山话一出，旁边经过的行人都投来诡异的目光。

阮轻寒很想装作不认识他："才两杯酒醉成这样？你正常点儿。"

"嗨，难得有单大生意上门，开心嘛。"

陆植山是酒不醉人人自醉，阮轻寒刚带他见了周致渊，那个青城顶有名的闪灵赛车协会会长。过不久闪灵要在青城的黎阳十八环开展赛车比赛，全程网上直播的那种，周致渊正在找车行合作，要是他把这单生意谈成了还能变相给自家车行打个广告。

阮轻寒却眉头微皱，想到刚才昏暗灯光下那个漫不经心摇晃酒杯的人，缓声道："周致渊的生意没那么好做，你自己留点儿心。"

话中提醒意味甚浓，陆植山纳闷："你们俩不是朋友？怎么防得跟孙子似的？"刚才在酒吧里两人虽然只打了个招呼，但看起来不像是敌人啊。

"朋友算不上，只是发小而已。"阮轻寒走到路边招了一辆出租车，"你喝酒了，坐车回去。"

"那你呢？"陆植山扒着车门，"回你那啥玩意儿都没装的小公寓楼啊，住得了？今晚先去我那儿凑合呗。"

阮轻寒摇头："妙妙还在家里。"

"得，差点忘了妙妙还需要人照顾。"陆植山摆摆手，关上车门，"那我先走了。"

目送车子消失在拐角，口袋里忽然传出振动，阮轻寒掏出手机，是宋闻景，说路蒙山之行的照片已经整理好了，问他要不要看看。

当然要看。他动了动手指，回："发我邮箱。"

转身时瞥到路灯下有个人影，周致渊夹着一根烟打量他，不知道在那儿站了多久。

两人视线相撞，周致渊挑了挑眉梢："阮少爷还没回去？要不要顺路带你一程啊？"

阮轻寒想也没想就拒绝了："不顺路。"

周致渊嗤笑，瞧着他转身离开，捻灭了手中的烟："我倒是有心想跟那位陆先生合作，双方共赢的事，你何必让他防我。"

阮轻寒停下步子："你想多了，只是作为朋友的友情提醒。"

听到"朋友"二字，周致渊脸上的笑意僵了僵，好半天才吐出一个："呵……"

他跟阮轻寒打小也是穿一条裤子长大的，关系好的时候没少称兄道弟，阮轻寒曾经很珍惜和他的友情，然而阮家和周家在青城都颇有名气，年岁相近的两位公子爷也避免不了被外界一番比较。

比起乖乖在军校读书的阮轻寒，被周家老太爷送去念管理学却经常旷课飙赛车的周致渊让不少人觉着唏嘘痛心。

同样是好吃好喝养大的，一个根正苗红，一个不务正业。

话传进当事人耳朵里，渐渐地，两人的关系也就生了嫌隙。

阮轻寒回到家，妙妙正躺在猫窝里舒展着身体，瞅见了他，眼睛亮亮地就要扑过来。

他伸臂抱起它，余光瞥到撒落一地的猫粮，挠了挠它的下巴："又调皮了是不是？"

妙妙慵懒地闭上眼，喉咙里发出"咕噜咕噜"的声音："喵喵……"

给妙妙开了盒鱼罐头，阮轻寒清理了地上的狼藉，顺道开窗换换空气。

刚拉开窗帘，一张字条从窗缝里飘荡落下。

上面写了几行字。

致邻居先生：

你的猫很可爱，但请出门时注意关紧窗户，否则小猫钻出来就回不去了。

——来自隔壁的温馨提示

字体一贯的潦草放飞，正如其人。

阮轻寒低低笑了一声，将字条折好收进裤袋，回身看向妙妙，它正抓着自己的尾巴玩。

像是察觉到他的目光，它忽然抬头与他对视，尾巴一甩一甩，翘得高高的。

这是心情愉悦的表现。

阮轻寒微微一笑："你今天看到她了？"

"喵！"

"她是不是喂你吃的了？"

"喵喵！"

"喜欢她吗？"

"喵喵喵！"

"……"

"好，听你的。"

第 四 章

阮先生都是有家室的人了，麻烦自重

The moon is beautiful, until you are gentle.

01

一夜之间，青城温度陡降，钟珥鼻子通红，抽了抽，是堵的。

好像着凉了，脑袋有点发昏，她从床头柜取出一板感冒灵吃下，饥肠辘辘，点了外卖。

结果取外卖的时候又看到那只猫了。

门半开，外卖小哥边递给她一盒外卖边指了指门边："姑娘，这猫是你家的吧？一直在门口蹲着呢，可别弄丢了。"

钟珥道了句谢，探出半个脑袋，正跟那只猫撞了个脸。

它眼睛黑亮，乖巧地蹲在走廊上看着她，邻居家大门紧闭，窗户边被拉开比昨天更大一些的缝隙。

"你家主人昨晚没有回家吗？"钟珥几步过去从缝隙里拨开窗帘，客厅的布置没有变化，但昨天歪倒的碗却好好摆在一旁，显然主人回过家了。

难道是没有看到她写的字条？

来不及思考太多，小猫亲昵地蹭着她的裤腿，显然是饿了。钟珥弄了些吃的摆在门口，看它埋头认真舔食。

"摊上这么个粗心的主人也真是你的不幸。"她低声嘟哝着，手覆上毛茸茸的脑袋，揉了揉，手感很好。

果然撸猫有益身体健康，光是看着这小东西，因感冒带来的难受感也消散不少，钟珥哼哼："不认生又不挑食，你还真是好养。

不知道叫什么名字呢？"

主人看起来高壮威猛，养的宠物势必也会往霸气的方向取名。她蹲下身仔细打量着它，总得取个能叫的小名才行。

在脑海里搜刮片刻，她眼睛一亮："叫你王权富贵怎么样？"

这是她很喜欢的一部动漫里的角色，念起来很顺口，更重要的是，听起来也很有钱。

没想到小猫适时抬眼应和了一声，声音软软的，叫得钟珥心都酥了。

一人一猫一拍即合："看来你也喜欢，那我就叫你王权富贵啦。"

和王权富贵聊得兴起，钟珥没注意到周边的动静，起身打算再给它添点水。兴许是起得太猛，站起来时眼前忽然一黑，一阵眩晕，身体重心不稳地就要往后倒去。

她都做好摔地上的准备了，没料到中途却被一只手臂接住，转瞬就落入一个人的怀抱里。

睁开眼，正好对上头顶上男人的那双眸子，晶亮黝黑。

视线在那张脸上停留了两秒，钟珥迷迷糊糊地想，见鬼了，感冒也能让人出现幻觉吗？面前这人的五官怎么跟阮轻寒一个模子刻出来的似的。

看着怀里的人反复揉了三遍眼睛，依旧是一脸不可思议地望向他，男人难得好心提醒："如果眼睛不需要可以捐给有需要的人，没必要这么蹂躏它。"

这声音，这熟悉的毒舌，的确是阮轻寒本人没错了。

钟珥迅速离开他的怀抱："你怎么在这儿？"

她的嗓音低沉喑哑，还夹杂着明显的鼻音。阮轻寒皱起了眉，上前探了探她额头，烫得跟火炉一样。

"你发烧了。"

钟珥却像没听到，拍开他的手，又问了一遍："你怎么在这儿？"

深知她是得不到答案就不会放弃的性子，阮轻寒只好给答复："我住这儿，刚搬过来。"

钟珥脑子里一片混沌，好半天才转过弯来，所以上次那个高壮老大哥是在帮他搬家？这两天天天从窗户溜出来的王权富贵也是他的猫？

老天可真会开玩笑，她刚给前男友一家三口做完亲子鉴定，这会儿居然还要和他成为邻居。

她脸上表情变化得飞快，一会儿惆怅一会儿苦恼。阮轻寒看她生病了还只穿着件单衣，狭长的眸子露出几分不悦。

"多大的人了还不会照顾自己，你的医学院白读了？"

"忘了看天气预报。"

钟珥嘴唇微张，不明白他为什么突然生气，抿着嘴角往后退了退，手却被阮轻寒拉住："再往后就要撞墙了。"

她扭头一看，果然额头差点跟墙来了个甜蜜亲吻。

她讪讪回头，身上突然被盖了件黑色外套，阮轻寒跟拎小鸡崽似的将她拎回屋里，脚边的王权富贵也扭着屁股凑了上来。

"吃药了吗？"阮轻寒完全不把自己当外人，把她稳当放在沙

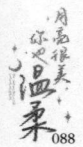

月亮很美
你也很
温柔
088

发上，打量着整个房间，"你的药箱呢？"

"吃过了。"

"还觉得难受？"

"还好。"

他视线转到门口的鞋架上，最顶上一排放了袋打包得严实的饭盒。

"就吃外卖？"

他的语气轻飘飘的，钟珥却没来由地一阵心虚。

大学的时候她吃不惯食堂的黑暗料理，也是经常点外卖，后来被阮轻寒知道，旁敲侧击地给了她一顿提醒，诸如外面的餐馆有多不干净，食材有多不新鲜，厨师常常不洗手之类的，听得她肝颤，连着反胃了好几天。

之后就对外卖避而远之了。

只是这几年年岁渐长，没了他的督促，她倒也不怎么在乎这些东西了。

正晃着神，那边阮轻寒又出了声，扯下外卖袋上的单子，哂笑："生病吃麻辣烫，你倒是挺重口。"说完大步一迈进了厨房，"喝粥吗？"

钟珥一愣："你会煮粥？"

阮轻寒回得含混不清："试试。"

钟珥头昏脑涨，虚弱地靠在沙发上，见他有模有样地系上围裙，背对着自己冲水洗米，倒挺像那么一回事。

王权富贵跳上沙发乖乖蜷缩在她身旁，她顺手撸着猫，想起了什么，开口提醒。

"你平常出门时别总忘了关窗户，王权……你家猫要是钻出来，走丢了怎么办？"

厨房里的人"嗯"了一声。

"你要是觉得麻烦，也可以跟你媳妇儿说说，让她注意一下。"

阮轻寒手下动作一顿，她倒是好心。

他恍若未闻，将电饭煲关上，摁了煮粥按钮。

房间里忽然安静下来，阮轻寒回头，发现钟珥已经躺在沙发上睡着了，身上还盖着他的外套。

妙妙在她身边用嘴理着毛，见他视线望过来，颇有兴致地"喵"了一声。

阮轻寒食指贴在唇边做了个噤声的动作，它那双漂亮的眼眸转了转，真的不出声了。

阮轻寒将钟珥抱回床上。

兴许是生病带来的副作用，她睡得并不安稳，两条眉毛快要皱成一团，嘴里还在小声嘟哝着。

他听不清，便将耳朵凑近她嘴边，她的吐息湿热地扑在他耳畔，他喉头一紧，随之听到了一句：

"我就爬个墙，没想着逃……"

"……"

原来是在说梦话。

阮轻寒一贯正经的表情笑成了花，勾了勾嘴角，将被子掖紧。

02

此刻的钟珥正在梦里跟阮轻寒掰扯。

她晚上旷掉了军训期间例行组织的拉歌节目，跟外校的朋友约着去步行街吃烧烤。

好不容易躲过了路过的老师，避开了巡逻的门卫老大爷，却好巧不巧跟阮教官撞了个正着。

彼时她刚翻身上墙，眼瞅着墙外边的地面比墙内矮了一截，正琢磨着选个地方跳的时候，耳边冷不丁地响起了一个声音：

"你是打算坐在上面晒月亮？"

路灯照得夜路昏昏黄黄，从漆暗树荫下走出来一个人。

看到那张脸，钟珥心猛地一颤，完犊子了，旷军训被抓了个现行。

她下意识地想转身溜，却忘了自己是在墙头上，一个重心不稳人就从上头掉了下来。

没有想象中的英雄救美，阮轻寒就站在那里，冷观她硬生生摔了个屁股蹲儿。

疼得要命，但她咬咬牙没叫出声，扯出个笑脸："好巧啊教官，你也在这儿……赏月？"

阮轻寒一身正装，显得整个人笔挺精神。他垂眼看她，又回头看了眼去军校的方向，若有所思了几秒，缓缓道："不巧，我来抓逃兵。"

"逃兵?"

"近在眼前。"

两人大眼瞪小眼,半天她才意识到他说的逃兵就是自己,当下辩解:"我就爬个墙,没想着逃。"

"爬墙做什么?"

"锻炼身体。"

"看来白天的训练对你来说还不够,要不加练?"

她一脸惊悚,忙摆手:"别别别!"

半道上有阮轻寒这么一搅和,估摸着今晚的聚会是没法参加了,她不露痕迹地撇撇嘴,嘀咕着:"这就回去还不行嘛。"

她背过他龇牙咧嘴地起身,动作拉扯到脚踝,疼得她差点没倒吸一口气。

阮轻寒察觉到异常:"怎么了?"

她表情无辜,指了指脚踝:"貌似扭伤了。"

阮轻寒走上前:"能起来吗?"

"不能。"

"再试试?"

一般在这种情况下,女孩子说不能的时候,作为一个男人应该是风度翩翩地抱她起来,而不是鼓励她再试试。但她也不意外阮轻寒会说出这种话,毕竟提到不解风情,他绝对算是其中的佼佼者。

尝试着又一次起身,脚踝处还是疼得要命,她苦着脸摇头:"不行不行，太疼了。"

阮轻寒在军校里接受训练没少受伤，看到她这样只觉得她娇气，但好歹也是自己半个学生，他皱眉思考了下，弯腿蹲下。

"上来，送你去医院。"

他的背厚实又宽阔，光看着就觉得有安全感，她也不客气，直接往上一扑。

然后……

被子卷着身体一块儿摔下了床。

钟珥睁开眼睛，自己正躺在卧室的地板上，身下有被子垫着，倒是没有摔着。

原来是梦。

虽说是梦，但也是曾经真切发生过的事。

那时她扭伤了脚踝，被阮轻寒背着送去医院处理伤口，事后回到学校他也没对外说她旷军训的事，只说是夜黑，她不小心从楼梯上摔了下去。

因为这个意外，钟珥当了几天的小瘸腿，但也由此免掉了军训。

也正是这件事，让她对阮轻寒的偏见有了改观。

不过说到阮轻寒，钟珥想起了那个在厨房里忙碌的身影，匆匆走出房间，却发现家里空无一人，连王权富贵也不见了。

桌上放了杯热姜汤，杯底压着一张字条，证明阮轻寒刚才的确来过：

姜汤驱寒，粥在锅里。

阮轻寒其人，虽然看上去冷冷淡淡，但对病人还算贴心。钟珥觉得，他要是没有念军校，应该会很适合当医生。

医生……

想到这个词，她微微拧起了眉头，心口堵得慌。

一口气喝完姜汤，钟珥走进厨房，忽然闻到了一股淡淡的煳味。

她循着气味打开电饭煲，看着面前的一幕，眼皮一跳，终是没忍住抽了抽嘴角。

阮轻寒所谓的粥煮得比米饭还要干，连稀饭都算不上，用勺子翻了翻，锅底还结了一层黑乎乎的锅巴。

一看就是水放太少。

她总算明白他说的那句"试试"是什么意思了。

03

假期过得太充实，钟珥花了两天才终于适应上班的节奏。

这几天客人尤其多，加上还接了几单司法鉴定的活儿，整个鉴定中心的人忙得连轴转。

孟妍看在眼里，等大家手里的鉴材数据复核得差不多了，主动提出聚餐。

领导有心，大家自然也乐得响应。

地点选在了一家新开的烤肉店。

望着烤炉上脆黄冒油的肉片，钟珥感觉最近紧绷的心情得到了缓解。

席上大家聊天的内容五花八门，从工作聊到时下热点，又聊到喜欢的"爱豆"。

随着某位同事感叹着她单了三十多年的"爱豆"总算脱单后，话题又诡异地往恋爱方向靠拢。

钟珥单身了好几年，对这种话题没有发言权，本来懒得参与，偏偏作为在场唯一一个单身狗，被大家提了又提。

于是钟珥夹着一筷子肉，吃也不是，放下也不是，简直如坐针毡。

她本想说，她单身她快乐，她也为国家的GDP做了贡献呢。

只是脑海里不合时宜地冒出了一个男人的脸，让她这句话在舌尖辗转了半天也没吐出来。

一桌美食都治愈不了郁闷的心情，钟珥索性借口去洗手间洗了把脸，出门时撞到两个穿着校服的女孩子，年轻干净的脸庞笑得恣意，冲她道了句"阿姨对不起"。

仅仅五个字，让她的心又被扎了一遍。

头发披着吃烤肉总觉得不舒服，钟珥随后去隔壁超市转了一圈，想买个绑头发的发圈。

不知道是不是被刚才两位小姑娘刺激到了，她在挑选发圈时视线总有意无意落向那些较为精致可爱的发饰，比如挂了两枚樱桃或是缀着粉色樱花瓣……

要是搁在以前，她对这些少女心的物件绝对是不屑一顾，毕竟又没有实质性的作用，还显得累赘。但现在看起来，倒也没那么难以接受。

她挑了个合心意的发圈，又随便买了点儿日用品凑数，怀抱着一堆东西去收银台结账。不料等了半天，排在她前边的男生还是岿然不动。

钟珥瞥了一眼，那人背影高高瘦瘦，声音听起来耳熟，正在和女收银员就没带钱能不能赊账的问题展开激烈讨论。

他口若悬河，收银员也分毫不让。

两人僵持不下，钟珥只好插队走到收银台："麻烦把这位先生的账跟我的一起结了吧。"

她并非好心，只是不想因为那一包烟和一盒薄荷糖浪费自己的时间。

收银员面色一松，舒了口气："好的。"

天降救星，男人也如蒙大赦："谢谢你啊这位小姐，你真的是帮了我……噫，钟珥妹子？"

感谢的话说了一半忽然话锋一转，男人对上钟珥的目光，扶了扶眼镜，颇感意外："居然能在这儿遇见你。"

此人正是跟她一块走过路蒙山路线的一粒微尘。

他一身休闲装，戴了顶鸭舌帽，加上那副眼镜简直要遮住了大半张脸。要不是他主动打招呼，钟珥没准还真认不出来。

"我跟同事在隔壁聚餐，你怎么在这儿？"

一粒微尘笑得见牙不见眼，手指了指隔着一条马路的对面小区："我住这儿啊。"

钟珥点头："那确实挺巧的。"

买完单，两人出了店门。

一粒微尘忽然摸出一张卡："我身上也没什么别的东西，既然妹子你替我付了钱，那我把这张卡押在你这儿。"

那卡面做得挺好看的，钟珥扫了一眼，笑了笑："轻行俱乐部的会员卡，我拿着也没用吧。"

一粒微尘掏卡的时候也没注意看，听到钟珥的话才觉得不对劲，一本正经道："哦，拿错了，本来是要给你一张黑卡的。"

钟珥"扑哧"一声，心想这孩子还挺会说冷笑话的，便顺着他的话道："黑卡就不用了，也才几十块而已。况且就算不是你，别人我也会帮的。"想了想，又补充，"你要实在过意不去，可以加我微信，到时候转账给我。"

这的确是个很好的解决办法。

一粒微尘同意："也行。"

两人道完别就分开了。

钟珥回到座位上，发现孟妍已经离席，而席上几位同事看着自己的目光有点诡异。

她不明所以地在脸上摸了摸："我脸上有东西？"

"才不是呢。"一旁的阿宁笑眯眯地开口，"刚才小惜出去接电话，看到钟珥姐在和一个帅哥聊天，我们正在猜你俩是什么关系。"

一粒微尘？她失笑："小惜真是火眼金睛，他的脸遮得这么严实还能看出来是个帅哥。"

小惜嘻嘻一笑："帅哥在骨不在皮嘛。既然当事人已经回来了，倒不如从实招来。"

钟珥摇摇头："之前假期报了个户外活动，他是其中的一员。今天只是偶然遇到，没什么关系。"

没听到想要听的八卦，小惜感叹："可惜了，我们小耳朵长得也挺好看的啊，怎么就愣是没脱单呢？"

眼瞅着话题又要歪，钟珥赶紧给她夹了两块肉："缘分没到，咱们还是继续吃肉吧。"

聚餐结束已经是晚上九点，晚风清凉，街上一排路灯一个比一个亮，反正离家也就几站路，钟珥决定走回去。不想才走了几步，一辆跑车忽然从转角处蹿出来。

喇叭声按得震天响。

她扭头，瞥见一粒微尘正隔着车窗玻璃冲她打招呼。

"哟，这都能遇上，真巧啊钟珥妹子。"

钟珥一愣，特意从后边绕过来，这个巧合似乎有点刻意了，但面上还是客套地附和了句："是挺巧。"

她对车不算了解，但一粒微尘开的这辆跑车一看就价格不菲。她刚才还说他有黑卡是侃大话，结果人家转瞬就用另一种方式打了脸。

想到这人当初在路蒙山的低调样，她不由得感叹，原来有钱人都喜欢下凡体验生活。

许是见钟珥的表情有些微妙，一粒微尘摆手："别误会，这是我老爹为了庆祝我考上研究生买的。有钱也是他有钱，跟我没关系。"

钟珥觉得好笑，不明白他为什么要解释，反正跟她又没关系。

她索性捉了个字眼，换话题："你还在读研究生？那比我小，不能叫妹子，要叫姐姐。"

一粒微尘咂舌："别的姑娘都喜欢往小了说，你怎么这么实诚？"顿了顿，又道，"回家吗？我送你啊。"

"不用，我走回去就行，顺便遛遛弯。"

"真巧，我也遛弯，咱们还是一个方向，一起呗？"

钟珥还是头次听说有人晚上没事在市区开跑车遛弯的，猜测他是为了感谢自己的举手之劳，她也没再拒绝。

"那我就不客气了。"

一粒微尘开车很稳，手握着方向盘还能分心跟钟珥开玩笑。钟珥这段时间也正在考驾照，熟读各种安全事项，见他这么不专心，旁敲侧击："你看过《流浪地球》没？"

"看过，怎么了？"

"里面有句台词，"她抓着安全带煞有介事地复述，"道路千万条，安全第一条，行车不规范，亲人两行泪。"说着就有了底气，"一粒微尘先生，为了咱们的安全着想，建议你开车不要东张西望。"

她一本正经的语气加上一本正经的表情成功逗笑了一粒微尘。

他忍俊不禁："你要对我有信心，咱好歹也是湫明山半个车神。"他努努嘴唇，"看到那里的小本本了吗？去年的第三名。"

钟珥顺着他的目光看到收纳盒里装着的一本荣誉证书，翻开扫了一眼，还真是——2018 年湫明山赛车比赛第三名。

署名那栏是"谢为臣"，微尘的谐音，他的名字。

路程不远，钟珥很快被送到了小区门口。

临下车时，谢为臣叫住了她："之前在路蒙山看你跟 Rer 好像认识，你们很熟吗？"

他这问题有点突然，钟珥下意识地摇头："不熟。"

回答得太快，有种掩耳盗铃的心虚感。

好在谢为臣没有注意，路灯折射进车窗，他眼镜后的一双眸子明亮，笑了笑："这周日黎阳十八环有个赛车比赛，我报名了，你要不要来？"

不等钟珥回答，他已经替她做了决定："我等会儿还有事，那咱们就到时候见。"

"……"

跑车扬长而去，钟珥站在原地，有点哭笑不得。

这位朋友之前在路蒙山好像不这样啊？难道那会儿他压抑了

本性？

从小区门口到公寓要先经过一条小道，碰巧这两天路灯有几颗坏了，灯光忽明忽暗地闪着，配合路两旁的树植有种昏黄滤镜下鬼片的感觉。

钟珥胆子不算小，当初上学的时候鬼片也没少碰，只是现下的场景和她前两天看的一部恐怖片不谋而合，再加以联想，总觉得等会儿哪棵树后边就会冒出一张笑嘻嘻的小丑脸。

路上行人少，空寂的小道上只有钟珥自己的脚步声，忽快忽慢，匆匆而行。

但这脚步声中，突然又夹杂了点其他的声响。

"咯吱咯吱！"像摩擦声，又像摇晃的声音。

钟珥吓了一跳，屏住呼吸，连忙开了手机光小心翼翼地往声源照过去。

不照不知道，一照发现在小道边上的众多健身器材里，一架秋千正载着一个人影幽幽晃动着。

手机光打在他的身上，勉强看得清轮廓。

寸头，黑眸，毫无表情的脸。

不是阮轻寒是谁？

他怀里还抱了只猫，那猫被光照得颇不耐烦地打了个呵欠，翻了个身，继续大睡。

钟珥嘴角一抽，方才还悬在心口的石头落了下去。

她熄了手机光："阮先生真有兴致，大半夜不睡觉出来装鬼吓人。"

04

阮轻寒不知道在外面待了多久，走近时钟珥能感觉到他身上的寒气扑面。

他撸着怀里的猫，居高临下地看着她，狭长的眼眸一眯："带猫出来散个步，不巧，遇到了一位心里有鬼的。"

轻飘飘的一句，就把锅甩给了她。

钟珥自诩脾气管理还算好，但每次一遇到阮轻寒，他总能轻易戳破她的爆炸点。

见她没说话，他轻轻一笑，嘴角的弧度略显嘲讽："钟小姐今天似乎很高兴。"

久违的同事聚餐，还有烤肉，当然高兴。

她点头："是。"

回答得理直气壮，阮轻寒眉梢微挑，想到了刚才在小区门口见着的场景。

一个男人送她回家，而她下了车还恋恋不舍。

"几年不见，你的口味变得还真快。"

那人高高瘦瘦，看起来文弱书生相，很难想象她会喜欢这种风格。

钟珥看向他："什么意思？"

阮轻寒垂着眼睨她，眼眸中蕴着一丝冷意，哂笑："我记得你以前很喜欢腹肌，怎么，现在开始喜欢九九归一了？"

"？"钟珥有点莫名其妙，他们说的是同一个话题吗？

她仰着头看他，觉得有什么地方不对劲，脑子里掠过一丝火芽，有了结论：谢为臣送她回家，被他看到了。

他似乎还误会了他们之间有什么。

可是，他一个有了妻子和孩子的人，有什么理由误会她呢？

她抿紧嘴角，视线从他脸上挪开，忽然怔了怔。

他此刻身上套了件黑色连帽衫，款式跟之前在篝火晚会上，她大冒险抱他时穿的一模一样。

谢为臣曾说过阮轻寒是个洁癖很严重的人，当时张萌被蛇吓到往他怀里钻，他几乎是立刻就回帐篷换了件衣服，而被张萌碰到的那件衣服则丢进了垃圾桶。

那他身上这件，会是当初篝火晚会上的那件吗？

有些事往深了想，会让钟珥有种自我意识过剩的错觉。她没有感觉良好到认为阮轻寒对她余情未了，毕竟当年提出分手的人是她。即便他和现在的妻子关系疏离，好歹脖子上那个刺青的主人还在宣示主权呢。

当断不断，必受其乱。

她干脆顺着他的话，面不改色地开口："以前是喜欢，现在觉得太硬了硌得慌。"

面前的人忽然凑近，淡淡的烟味萦绕鼻尖，她皱了皱眉，便听到他说："以前怎么见你摸得挺开心的？"

怪夜色太撩人，连带着阮轻寒说的这句话都温柔了几分。

钟珥喉头一堵，言辞间多了几分正色："阮先生都是有家室的人了，麻烦自重。"

她在提醒他，也是在提醒自己。

然后，她听到了一声笑。

周边的气压陡然低了下去。

借着忽闪的灯光，她看到阮轻寒的黑眸冰冷，他在笑，但笑意不抵眼里。

"我都差点忘了我是个有妻子的人了，劳烦钟珥小姐还替我惦记着。"

……

顾子尧觉得阮轻寒今晚一定吃了火药，论斤称的那种。

大半夜一个电话约他出来，什么话都不说，占着驾驶座就把车往盘山车道上开。

车窗外星点飞快闪过，仪表盘上的时速正在往120迈靠拢。

接近凌晨的车道上车并不多，阮轻寒已经接连超了好几辆，有辆车被超了不服气，按着喇叭追上他们。

司机是个络腮胡，落下车窗就冲两人比了个中指。

顾子尧原本还想劝阮轻寒慢点开，但看到那中指就不乐意了，眼睛一瞪："开得这么垃圾居然还敢对我们竖中指，阮哥快，超过他，连车屁股都不让他看到的那种！"

阮轻寒没应声，握着方向盘，脚下油门踩下，时速一个劲儿往上飙，迅速将络腮胡甩在了后边。

确定看不见车影了，顾子尧哼哼一声，靠在座背上："刺激，果然是怕死的干不过玩命的。"

话音刚落，车胎突然打滑，整辆车沿着车道硬生生往前蹭了几米，路面被摩擦出些许火花，阮轻寒踩住刹车将方向盘把稳，堪堪稳住平衡。

好在这时没有车经过，否则追尾不可避免。

顾子尧抓着头顶的把手："怎么回事？"

阮轻寒下车看了眼，终于肯开口："车底盘高，飘了。等会儿慢点开就行。"

两人又开了段路，把车停在了山顶。

熄火，按下车窗，阮轻寒点燃一根烟，抽了两口，转头看到顾子尧还抓着头顶的把手不放，也丢给他一根："压压惊？"

"算了，我女朋友不让我抽烟。"顾子尧接住又还回去，看阮轻寒的表情比之前缓和很多，才开口问，"你不会又跟阮老爹吵架了吧？"

之所以说"又"，是因为阮老爷子的放养式育儿众人皆知，阮家两兄弟从小就被丢进全日制托管所，初中到大学需要家长出席的场面也都是管家代为参加，阮老爷子只负责在两人大学毕业前接收最终成果。也因此，导致了两兄弟跟他的父子情寡淡，但凡一见面说不上几句话就会言语不和摔门而去。

先前阮轻寒也有过跟阮老爹起口角然后大半夜敲他家门，硬拉着他打了一晚上游戏的叛逆举动。

所以这回飙车发泄，顾子尧也毫不意外地想到了这个原因。

但在他问出口的下一秒，就被阮轻寒否定了。阮轻寒掸了掸烟灰，不想多说这个话题，反而看向他："你什么时候又谈恋爱了？"

顾子尧竖起一根食指："昨天。"

"什么时候认识的？"

"前天。"

"……"阮轻寒收回目光，不想问了。

然而谈到这个话题，经验丰富的顾子尧没忍住多嘴，替阮轻寒操了份心："不是我说啊阮哥，现在谈恋爱都讲究快餐式，两人对上眼一拍即合就可以为爱情鼓掌了。"语气循循善诱，"你单了这么些年，看着我们一个个成双入对的，不会觉得寂寞吗？

"上次植山哥说的那个姑娘，叫什么来着，张什么萌？我觉得她就挺好的，冰山美人，内心火热，正好配你这高岭之花。反正男未婚女未嫁，要不要试试？"

一大段话说完他已经口干舌燥，旁边的阮轻寒深眸微动，一双眼移到他身上。

"如果男婚了呢？"

"啊？"

阮轻寒盯着顾子尧，语气非常认真，重复了一遍。

"如果，她以为我已经结婚了呢？"

答案当然是明摆着的，但鉴于问的人是阮轻寒，顾子尧想了想，还是给了回答："就死心了呗，那还能怎么着，挖墙脚？不地道啊。"

阮轻寒捻灭手里的烟。

"不过误会嘛，解释清楚就好啦。"顾子尧给出建议，"女生心思很细，不过也很容易弄明白。你是怎么让她误会的，就怎么澄清喽。"

阮轻寒一顿，眼神幽然。

难不成他还要带着他哥的前女友和孩子，再去鉴定中心一趟？

顾子尧并不知晓阮轻寒最近发生的事，见他眉宇间染上了几分阴郁，只当他是真的对张萌生了情愫，并为之烦恼。

虽然好奇这其中详情，但阮轻寒不开口，他也不好多问，索性转移了话题。

"听说植山哥那车行最近接了单生意，对方是周致渊，这两个八竿子打不到一块儿的人，阮哥，该不会是你牵的线吧？"

顾子尧跟阮轻寒也是打小的交情，跟在他屁股后头的跟班，与周致渊也见过几次，只是两人气场不合，互相看不上。

陆植山跟周致渊在前两天正式达成了合作协议，他这几天为这事忙得脚不沾地，都没怎么去俱乐部报到。顾子尧作为俱乐部经理，知道这事也并不意外。

"周致渊有名气，植山缺推广，我只是顺水推舟。"

顾子尧摇头："我只担心一点，周致渊会把对你的戾气撒在植山哥身上。"

两人先前的事，他也是听过传闻的。

阮轻寒道："周致渊是公众人物，这点儿分寸还是有的，更何况——"

他垂眸，视线落在指尖一点灰烬上，眉头皱了皱。

"这次的比赛，我也会到场。"

05

自从那晚的不欢而散后，钟珥好几天都没有见到阮轻寒，连放在门口天天更换的猫粮也没有被王权富贵碰过的痕迹。

她转念一想，他的工作性质本来就是要经常待在户外，王权富贵说不定也被寄养到了别处，便将心里那点隐隐的郁闷压了下去。

上班的时候她久违地接到了钟子续的电话，五十多岁的老爷子还在闹别扭，十分不情愿地让她晚上下了班回家吃饭，话毕还小声补充："这是你妈让你回来的，跟我一点关系没有。我只是传个话，你爱回不回。"

声音虽小，还是让江美惠听见了，钟珥隔着手机都能听到她在埋怨："你这个口是心非的老男人，说句想闺女回家会死啊？"

钟子续迅速反驳："谁想她了？话可以乱吃，饭可不能乱说啊。"

口不择言。

钟珥差点笑出声，但为了她老爹的面子，还是掩饰地清了清嗓子："今天我值班，可能会晚一点，到时候可以不用等我。"

钟子续回："当然不会等你，要是敢晚一点，饭都不给你留。"

江美惠在边上啐了一口："你不留我留。"

钟珥一直忙到晚上，好不容易等到下班，却遇到了点儿麻烦。

麻烦的源头是位原本约好下午来拿报告的客户，后来临时有事便将时间重新约到了下班前。本来也就耽误几分钟的事情，但因为那位客户在看了报告后不肯相信结果，非要缠着钟珥重新鉴定。好说歹说劝走了人，这一会儿工夫就浪费了半个小时。

钟珥锁上鉴定中心的大门，匆匆往旁边的公交车站走。

虽说她工作后也隔三岔五会回趟家，但多半是江美惠给她打电话，回了家钟子续也绝不会多看她一眼。

所以这次接到钟子续的电话，钟珥很意外，也有些高兴。不管这个电话是他自愿打的，还是被江美惠胁迫的，都代表了他们的关系有了丁点儿可以缓和的余地。

脑子里塞了些杂七杂八的东西，钟珥没注意看路，差点踩进一个没盖的下水道里。

幸好后边忽然伸过来一只手，把她往边上一拉。

她惊魂未定，回头，对上谢为臣的脸。

他笑眯眯地提醒："虽然赶路要紧，但也要注意脚下嘛。"

钟珥点头道了句谢，想着搪塞两句就离开，偏偏谢为臣拦住她，要送她一程。

有了上次被阮轻寒误会的前车之鉴，钟珥心有戚戚，想拒绝，但谢为臣没给她机会，手指了指不远处："我的车就停在那边，比公交车应该快很多。"

钟珥不解："你们研究生不应该很忙？"

她认识的一个朋友之前读研的时候恨不得把睡觉的时间都耗在实验室里，怎么他就能闲到三五天在她面前出现一次？

谢为臣笑："这是不想看到我的意思？"

钟珥摇头："那倒没有。"

谢为臣解释："只是出来替导师拿个东西。"

说会儿话的时间又过去了几分钟，手机里进了条消息，江美惠问她什么时候到家。钟珥捏着手机的手指紧了紧，再抬眸，谢为臣已经将车开过来。

她也不再拒绝，拉开后座报了地址。

谢为臣看向后视镜："我记得你家好像不在这儿？"

她点头："去我爸妈家。"

谢为臣的车开得快而稳，从上车到抵达不过十来分钟。

钟珥下车时没忘了跟他道声谢，他却摇头："上次你也帮过我，扯平了。"说着掏出手机，屏幕上显示着几通来自导师的未接来电，他笑着冲她挥手，"导师找我，我要回学校了，后天见。"

后天？钟珥愣了个神，等车开得没了影，才后知后觉他说的是上次提到的赛车比赛。

后天周末，正好是比赛当天。

钟家小楼亮着灯，钟珥一转身，就看到了站在门口的钟子续。

见她抬头看过来，他又不声不响地进了门。

钟珥跟在后头，一进门就闻到了熟悉的饭香。钟子续坐在饭桌旁，江美惠端着刚热的菜从厨房出来，画面其乐融融，她不忍打破。

还是江美惠先看到她："小珥回来啦？别干站门口，进来吃饭啊。"

钟子续偏头扫了她一眼，手往饭桌上伸："回个家也要三邀五请，菜都热了几遍了。"

江美惠拍掉他想夹菜的手："我是热给闺女吃的，你着什么急？"

所谓卤水点豆腐，一物降一物。钟子续虽是市医院外科主任，面对闺女也挺有脾气，但在江美惠面前，雷厉风行的钟主任就变成了没啥主意的妻奴一个。

耳根子软了这么些年，也就在替钟珥选择前途上硬气了一把。

吃完饭，钟珥收拾好碗筷想去厨房，被江美惠拦下，好不容易

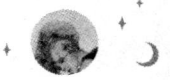

回家一趟，小赶着让她去沙发上看电视。

钟珥拿着遥控器随意按着频道，旁边的钟子续掸了掸报纸："不要瞎调，我在听新闻。"

钟珥不明白："您手里不是正在看吗？"

话虽这样说，但看到钟子续投过来的眼神，她还是乖乖调回新闻频道。

江美惠洗碗的空隙看了眼客厅，沙发上的一对父女正在一派和谐地看着电视。

和谐之下暗波涌动，钟珥有一搭没一搭看着电视上的新闻，琢磨着找个话题打破这番静谧。

她想了想，问："您身体，没事吧？"

上次钟子续住完院，她私下也跟江美惠打听过他的情况，还是一如既往在医院里忙得脚不沾地，压根没考虑过为自己调整一下工作量。

"得亏你工作这么忙还能记得。"钟子续给报纸翻了个面，"死不了，放心。"

还是一点都没变的傲娇。

"爸，您还在生气呢？"

没应声。

钟珥在心里叹了口气。

"听说您那天只休息了半天就回岗位上班了。我知道您很热爱这个行业，鉴定中心之于我，就好比医院之于您。我是您的女儿，

您愿意为喜欢的行业奉献终生，我也可以。所以您一定也能理解我的心情，对吧？"

自从工作后，钟珥就难得有跟钟子续独处的机会，特别是她的职业规划还跟他安排的相悖，他恨铁不成钢，差点没跟她断绝了来往。虽说钟珥对 DNA 鉴定师这行谈不上多喜欢，但总要趁这个机会向她爸表表决心，让他知道她并不后悔放弃医生选择这个职业。

然而她没想到的是，自己毕业改行这档子事钟子续早就不生气了，不过是因为当初一气之下各种难听的话都撂了，现在实在拉不下脸跟闺女和好。

他忽略了钟珥给的台阶，话题转移到今晚送她回来的男人身上。

"刚才送你回来的那个小伙子，是你对象？"

自打在门口撞见，钟珥就知道钟子续会问这个，没想到会这么直接，她捧着杯水喝到一半，差点没呛到。

"不不……不是，怎么可能？他比我还小。"

钟子续哼了一声："小不是重点，他这人看起来就不可靠。"

长得倒是还行，不过笑起来那股狡猾劲儿，跟黄鼠狼似的，他不喜欢。

钟珥读出他的表情："爸，您担心我被人骗啊？"

钟子续白了她一眼："你是什么性格我还不清楚？这种轻浮的不适合你，你要找也该找那种稳重点的，张子铭就不错。"

合着他已经有心仪的女婿人选了，钟珥无言以对："我不喜欢比我小的，而且张子铭还是我学弟呢。"

她可没有吃嫩草的想法。

钟子续"啧"了一声，放下报纸，起身往洗手间走去，丢下一句："行吧行吧，我管不了你。"

钟珥望着他的背影："爸，我刚才说的那个……"

本来打算跟他说正事，结果这一路都在偏题。

钟子续没回头，摆摆手："我聋了，听不到。"

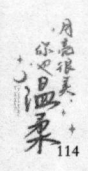

第 五 章

我好歹也学过医，
什么场面没见过

moon

The moon is beautiful,
and you are gentle.

01

黎阳十八环以它绵延起伏、惊险刺激的弯道而出名，是青城有名的越野场地。

这次赛车越野挑战赛是市体育局与闪灵赛车协会共同主办，活动盛大而热闹，现场人群簇拥，车迷和媒体记者被隔离在赛道栏杆外，还设置了不少摄影和无人机跟拍，据说会在某视频网站全程直播。

谢为臣在观众席给钟珥留了个 VIP 座位，便去休息室做准备了，比赛顺序用抽签决定，他抽得比较靠前。

钟珥百无聊赖地坐在位置上，听解说台的两位解说给活动预热，抛出的包袱笑点不断，像在搭档说相声。在鸣谢合作方时，他们身后正对着观众席的大荧幕就适时给几位切了近景。

第一个镜头给了体育局的各位领导，紧接着是闪灵赛车协会会长、场地负责人……一张张面孔陆续出现在大荧幕上，钟珥漫无目的地瞥了一眼，忽然一顿，她看到一张……哦不，两张熟悉的脸。

解说适时插入："感谢山水车行的赞助，车行老板陆植山先生也会在观众席观看此次比赛哦，请向大家打个招呼吧。"

屏幕上，一身正装的陆植山冲大家挥了挥手，坐在他旁边的帽衫男则侧了侧脸，似乎不想面对镜头。虽然镜头里只有一个侧脸，也能看出那人从眉眼至下颌的弧线起伏有致，半张脸如雕刻般精致又立体。

正是阮轻寒。

自那晚他冷言甩下一句感谢后，钟珥对他的记忆只剩暗色下那双冰冷的眼睛。不承想这才几天，看个越野比赛还能跟他遇上，他和陆植山的座位还就在她前面一排，隔着几颗脑袋。

镜头切到个帅哥，解说当然不会放过这个机会："陆先生旁边那位帅哥似乎有点害羞。为什么偏着头呢？是怕你的帅气会抢走选手们的风采吗？"

这话带着几分调侃，观众席十分配合地发出一阵笑声。钟珥没有笑，看着屏幕上他不太适应地转回了头。兴许是读过军校的缘故，他看起来总显得一身正气，刚直挺拔，气质突出，在一众嬉闹的人群里格外亮眼。

他抬起头，眼尾上扬，嘴角微抿，五官带了点儿狐狸的面相。一张脸出现在屏幕中后，观众席响起比刚才还要热烈的起哄和尖叫。

果然无论在什么地方，帅哥都是有优待的。

沉寂许久的"路蒙山之旅"微信群又活跃了起来，钟珥没想到可可也来了比赛现场，她在群里轰炸似的发了好几条消息，几张跑道和观众席的路人照，一张阮轻寒在屏幕上的照片，还发了一大段彩虹屁给他打 call。

从拍照的角度，钟珥大致能猜到她坐在观众席的后面几排，回头用目光搜寻，果然在第六排看到了她。

她旁边是大灰狼，两人对着手机屏幕，正在群里和大家聊得热烈，打算等比赛结束后大家一起去吃一顿。眼见着已经聊到订包厢了，待在休息室的谢为臣冒了个泡，让可可把钟珥加上。

可可最可爱：什么？小耳朵也来了？

一粒微尘：嗯，就在你前面的VIP座。

可可最可爱：VIP？池遇都不在，小耳朵是谁叫来的？居然还是前排，该不会是你偷偷邀请的吧？

一粒微尘：你又不给我喊加油，我总要自己请个后援。

大灰狼：有猫腻啊这是。微尘你不会是想撬行吧？

一粒微尘：这朵花又没主，我怎么就不能松松土？

阮轻寒从厕所出来，裤兜里的手机持续振动着，他擦干手拿出来瞟了眼，正看到一粒微尘发的这句，脸色隐约有变黑的趋势。

一粒微尘也参加了比赛他是知道的，但钟珥为什么会来给他加油？

他们路蒙山之后还有联系？

他眼眸微暗，回想上次送钟珥回家的那个人，帽檐压得很低，没看清模样，但身形跟一粒微尘倒是很接近。

还没来得及有什么行动，门外进来了一个人，对方正在打电话，看到他微微一顿："我这里有点事，晚点再说。"

挂断电话后那人眼眸微眯，招呼了声："阮少爷，真没想到你也会过来。"

如果说阮轻寒来这里最不想见到谁，周致渊绝对能排得上姓名。偏偏对方还毫无自觉，笑眯眯地靠近："你要是也报名多好，这场比赛多了你，肯定能增色不少。"

阮轻寒神色稍收，摇头："看来我要让你失望了。"

他这次来只想确保陆植山不会被周致渊使什么绊子，至于其他，他能避则避。

周致渊闻声也不觉意外，笑中含了几分深意："谁知道呢？"

两人错身而过，阮轻寒走出洗手间，拐角处的墙边正靠着一个女生，低着头，脚尖碾着地面，听到声音看过来，触到他的目光后又迅速低下了头。

想到刚才微信群里一粒微尘发了那句话后，她没有回复也没有反驳，阮轻寒表情微冷，抿唇移开目光，往观众席走去。

刚走了两步，身后响起声音。

"阮轻寒。"

声音很轻，又带着一股莫名的劲儿，跟妙妙的猫叫声似的，挠得他心口疼。

钟珥见他停下步子，但没转身，像是在等她继续说。

她咬了咬唇，轻声道："你小心着点儿那个闪灵协会的会长。"

她刚才跟周致渊撞上了，因为听到他在跟电话里的人商量着什么事，还提到了阮轻寒，便一路偷偷尾随着跟到了洗手间门口。虽然没听到什么实质性的内容，但想到那位会长提到阮轻寒时咬紧牙槽的样子，显然没什么好事。

她犹豫着要不要跟阮轻寒发个消息说一下，没想到对方立马就出现了，吓她一跳。

说好要保持距离的，她还是没忍住。

阮轻寒转身看到她一脸慎重的警示，正欲说话，陆植山的电话打了进来。是催促让他赶紧回座位席，因为解说那顺嘴一提，他这位主角被现场不少女观众惦记上了。虽说因为离席得早没被围住，但此刻他的座位上也站了几位望断天涯的妹子，等着他回去搭两句话。

阮轻寒无奈，丢了句"你解决就好"，也不管那边的回答，直接挂掉了。

下一秒，钟珥的手腕被扣住，阮轻寒将她拉到了一个僻静的角落。

没人打扰，四周僻静，他才好整以暇看向面前的人："为什么要我小心周致渊？"

他对周致渊当然要存几个心眼儿，但钟珥跟周致渊并不认识，顶多是刚才解说介绍时才知道了他，而她之所以会跑来提醒自己，怕是听到了些什么。

钟珥的神情有点不自在，她挣开他的手缩回到背后："就是，感觉他好像很讨厌你。我听到他打电话了，不知道在谋划着什么，你还是注意一下吧。"

虽然她语气很淡，四目相对，阮轻寒还是捕捉到她脸上一闪即逝的忧虑。

莫名其妙地，他话锋一转："你跟一粒微尘，怎么回事？"

话题转得猝不及防，钟珥先是一愣，想到上次他的冷嘲热讽，忍不住以牙还牙："你知道的，我现在喜欢这款，九九归一。"

虽身量不高，人却是又倔又嘴硬。

这句话说得咬牙切齿，比刚才的故意疏冷有生气多了。

阮轻寒摇头："如果真是这样，你现在应该坐在观众席，而不是来提醒我。"

隔着墙也能听到外面的动静喧嚣得厉害，沸反盈天，比赛开始了。

钟珥点点头，跟着他的话说："是哦，那我应该回去了。"

该提醒的话都已经说了，听不听是他的事，顶多当她多管闲事吧。

钟珥往回走了几步，奇怪身后的人没有叫住她的意思，她步子一顿，还是在拐角处转过了身。

在心里暗骂自己没出息，她抬眸一望，却发现阮轻寒已经不在原地了。

刚才两人待过的地方，空空荡荡。

02

阮轻寒这一离开，直至比赛结束都没有回来。

谢为臣成为他们那组的第一，成功入围决赛，钟珥过去时正撞到他在跟可可他们合影，瞥见她后眼睛一眜，招了招手。

"特地来给车神加油的人拥有特权，可以获得单独合照一张。"

谢为臣看起来挺开心的，钟珥也不好拒绝。

谢为臣兴高采烈地拍完，看到照片时却有些失望："你这表情怎么像是不高兴我入围了似的。"

虽然钟珥已经努力地勾起笑容，但拍出来的表情还是像毫不走心的假笑。

钟珥倒是无所谓："拍得不好，删掉就好。"

"还能凑合看，删它干吗？"谢为臣理直气壮地将手机收回口袋。

口嫌体直，钟珥无法理解他的行为。

身后，可可忽然揽住她的肩膀，笑嘻嘻地在她腰上捏了一把，十分羡慕："好久不见，小耳朵的腰还是这么软！"

钟珥怕痒，受不住她的突然袭击，边躲边回："软是因为肉多嘛。"

大灰狼走过来，看着她俩打闹，摇头："女生的友情真奇怪。"

虽然只有路蒙山那几天短短的相处时间，钟珥和可可也算是结下了一段友谊。她们在微信上聊得不多，只是会常在朋友圈点赞评论，日子一长，关系维护得也挺不错。

寒暄完，可可的话切回正题："我刚订了家饭店，微尘这一入围，咱们今晚的聚餐就要变成庆功宴了。不过 Rer 还没联系上，陆哥待会儿过来，咱们五个可以先过去。"

钟珥微愣："阮……阮轻寒没有跟你联系吗？"

可可点头："从比赛开始就没见他，不知道是有事还是离开了。反正陆哥在，等下可以问问他。"

钟珥心里"咯噔"一下，比赛开始，那就是和她说完那段话后他就不见了。

她回观众席后也没注意周致渊的动向……

如果他真的遇到危险，这么长的时间……

她掐着衣角，不敢深想，心脏却跳得很快。

可可察觉到她的异样："小耳朵，你没事吧？"

钟珥点头，几乎是立即下了决定："抱歉，我等下有事，不去聚餐了。"

反正已经是多管闲事，她就干脆管到底好了。

抛下这句话，她匆匆离开休息室，在门口跟正要走进来的一个人撞了下。她没看清对方，捂着额头道了句对不起就走了。

陆植山那一下被撞得不轻，震得他咳嗽了两声，扫了眼钟珥的背影，问休息室里的其他人。

"那姑娘是谁啊？劲儿挺大哈。"

没人理他。

休息室里的几个人，互相对视了一眼，不知道发生了什么。

谢为臣抿着唇，眼神变得黯淡。

钟珥离开休息室后给阮轻寒打了好几个电话，没接。

没办法，她只能瞎找，把黎阳十八环翻了个遍，最后去了黢黑的车库。

车库里放的都是这次比赛专用车，光线又暗，她不敢磕碰到，只好开着手机灯一排排地找。

车库很大，她觉得自己仿佛在走迷宫，绕了几排人影没见着，自己倒是累得够呛。

想蹲下休息一会儿，鼻子一皱，闻到了一股难闻的腥味。她将手机灯光一抬，发现面前两辆车的前窗玻璃裂成了蜘蛛网状，有一个后视镜被打落在地，混着血迹。

她心跳如擂鼓，呼吸加速，沿着地上残余的血迹轻步走过去。

等走到车库最角落的那排车之间时，血迹消失了，她停下脚步，听到一点微弱的窸窣声。

她想再细听，手机忽然被什么东西打落，光亮消失。

一片暗色中，她的嘴被一只粗粝手掌捂住，温暖的身体贴上她的后背，她吓得浑身绷紧，手肘下意识地往后一捅。

应该是捅到了那人的腰腹，钟珥听到一声闷哼，捂着她嘴的手松了许多。

钟珥想挣开，却听到了那人的声音。

"不要怕，是我。"

暗哑，柔和，熟悉。

随之鼻尖蹿进了一股淡淡的松木香，她动作一僵。

她小心翼翼地回头，看到了阮轻寒的脸。

阮轻寒伤得不轻，额头、嘴角都挂了彩，身上好像也有伤，钟珥想带他去医院，被他拒绝了。

钟珥不明白："都受伤了还逞什么强？"

阮轻寒看着她焦急的表情，忍不住想笑，牵扯到伤口，疼得他"啧"了一声。

"一粒微尘不是入围了吗，你不去参加他的庆功宴，来找我，他不会有意见？"

钟珥白了他一眼："他有意见你也管不着。"

她的语气有些恶劣，是真的被阮轻寒气着了——都什么时候还惦记着别人呢？

阮轻寒看她这样，越发觉得好笑，忍了忍："回家吧。你学过医，家里应该备着医药箱吧？"

钟珥有点犹豫。

如果他是皮外伤，她当然能解决，但就怕他有内伤，光靠简单包扎要是贻误治疗怎么办？

她的心思都写在脸上了，阮轻寒摇头："放心，只是看起来严重，都是外伤。"

当事人都这么笃定了，钟珥也不好再劝："行，等我约个车。"

阮轻寒挑眉："我有车。"

"你受伤了又不能开。"

"你不会？"

"如果你不怕出车祸的话，我可以试试。"

……

最终还是打了车。

钟珥扶着阮轻寒，坐进了路边一辆出租车。

周致渊透过窗户目送他们离开，紧攥着拳头，回头看向办公桌前伤痕累累的两个手下。

"我让你们找他麻烦，不是让你们打他一顿。"

他声音很淡，目光幽冷，吓得两人缩了缩脖子，其中一个胆大点的开口："会长，您当时在电话里只说了越简单粗暴越好，可没说不能打他……"

周致渊扫他一眼："好意思说？两个打一个还被打得鼻青脸肿的，没用的废物！阮家在青城也是有头有脸，只要阮轻寒想查，随便动动手指就能知道你们的身份。那可是阮家二公子，你真以为能随便欺负得上？"

"那……那我们怎么办？"

周致渊冷哼一声："怎么办？车库的监控我都撤了，其他的，你们自求多福吧。"

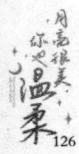

回到家后，钟珥去房间拿医药箱，阮轻寒则待在沙发上。

她家的布置和上次他来时见到的一样，壁纸是暖色调的，客厅虽小却被整理得十分温馨，窗台还摆放着几盆花草。

他漫无目的地打量着，最终落在阳台上，那儿晾了一件干净的男式外套。

正是上次他留在这儿的。

钟珥抱着医药箱出来时，阮轻寒已经脱掉了上衣。他的身材是真不错，腰腹的肌肉线条硬挺有力，一看就是没少锻炼。

然而此刻，那腰间却添了几道交错的红痕，青紫相间，看得钟珥心一揪。

虽是外伤，光看着也能感觉到很疼，他却能当没事人一般，看到她站在门口愣怔的样子，还笑："怕了？那你把药放在那儿，我来擦。"

钟珥抿紧了唇，走到他面前："我好歹也学过医，什么场面没见过。"说着将医药箱放在茶几上，将需要的药水和纱布拿出来，"要是疼的话，提醒我一下，我会轻点儿。"

她的语气慎重又小心，软软糯糯的，跟兔子似的。

阮轻寒莞尔："好。"

03

上药过程中，两人靠得很近，钟珥要给阮轻寒擦药包扎自然是心无旁骛。阮轻寒不一样，他一双目光紧紧锁着钟珥的动作，但凡她上药时指尖不小心擦过他的腰腹，他都得咬着牙槽压下心底的那丝异样的旖旎。

为了转移注意力，他只好开口："你怎么知道我那会儿在车库？"

钟珥手上动作一顿，含糊地回答："就……随便找找。"

因为他而找遍整个黎阳十八环这事，她可不想让他知道。

从阮轻寒的角度能看到钟珥的睫毛微微颤动，他勾了勾嘴角："为什么要去找我？担心我？"

钟珥上药的动作刻意加重，成功地听到了头顶吸气的声音，满意地松开："某些人可以不听提醒，但我做不到见死不救。"

她话说得云淡风轻，阮轻寒面色不变："那救命之恩，我是不是该以身相许？"

话音刚落，钟珥一个手抖，正准备给他包扎的纱布直接滚落到他两腿之间的地方。

那位置有点尴尬，她清了清嗓子："自己拿。"

阮轻寒似笑非笑，捡起递给了她。

钟珥没接，站了起来："看阮先生还有精力开玩笑，自己包扎应该也没有问题。"

玩笑也要有分寸，尤其他还是有家室的人。

她转身离开，手却瞬间被阮轻寒拉住，她挣了挣，没挣开。

阮轻寒幽幽叹了口气："真傻。"

钟珥："？？？？"

她怎么就傻了？

回身想理论两句，不知道阮轻寒什么时候已经站了起来，她这一回头直接撞到他胸口上。

"嘶——"

浓烈的男性荷尔蒙味道掺杂了一点血腥味一并钻入鼻中，钟珥抬眸，看到阮轻寒眉头皱了皱，她这一撞大概扯到了他的伤口。

关心的话卡在喉咙里，她记仇地咬咬牙："该。"

谁让他说她傻。

包扎完已经是下午了。

两人都没吃饭，钟珥索性就着冰箱里的食材煮了两碗面。

面条上面还卧着两只鸡蛋，阮轻寒用筷子戳了戳，嫌弃地放下："伤患要补充营养。"

钟珥咽下嘴里的食物，瞪他一眼："伤患要口味清淡。"

阮轻寒语噎，乖乖拿起筷子。

钟珥喝了口汤，忽觉刚才的对话有几分耳熟，同样的对话，好像在她大学被阮轻寒送进医院里那次也发生过。

她的脚轻微骨折，那晚被医生勒令打了石膏，回去时一蹦一跳，阮轻寒看不下去，决定背她。

两人路过校门口的路边摊，她嘴馋，看到油汁呼啦的麻辣烫就想下去买一碗。

阮轻寒有洁癖，对路边摊和烧烤之类的食物向来是敬而远之，更不想她吃了味道沾他身上。

他便随口说了句："你腿折了，伤患要口味清淡。"

她不听劝，说："伤患要补充营养。"

他眼皮一抬："路边摊都是垃圾食物，毫无营养。你想吃营养的可以去学校食堂，那儿什么都有。"

她趴在他背上，循循善诱："阮教官，你该不会是从来没有吃过路边摊吧？可好吃了，麻辣烫鲜香，关东煮酥爽，烧烤更是人间美味，里面有肉有蔬菜，营养搭配很充分，比学校食堂好吃多了。"

话多，又啰唆。

"闭嘴。"阮轻寒忍住想把她丢下去的欲望，大步一迈，远离路边摊。

同样的画面在几年后再次上演，钟珥在心里感叹，可惜已经物是人非了。

阮轻寒包扎后只穿了件短 T 恤，虽然在屋子里不冷，钟珥还是将阳台上那件男式外套取下来丢给他。

"上次你借我披的，忘记还你了。"

衣服上有一股淡淡的薰衣草香，那是洗衣液的味道，跟钟珥身上的一样。

阮轻寒接过搭在身上，便听到钟珥问："你今天的伤，是那个闪灵会长搞的鬼吗？你们以前有仇？"

分道扬镳的朋友成为敌人，这种事并不少见。周致渊一直喜欢暗中和阮轻寒比较，不管哪方面都想做到极致，他们之前玩过赛车，阮轻寒只是爱好，周致渊却花了不少心血成为青城顶有名的赛车协会会长。

这样死心眼的人容易钻牛角尖，就算今天这事真是他指使的，阮轻寒也毫不感觉意外。

不过这都是私人恩怨，阮轻寒不想将钟珥牵扯其中。

他嘴角一勾，转移话题："问这么详细，还说不是关心我？"

这人惯会顺杆子往上爬，钟珥咬着唇，见他面前的碗已经空了，

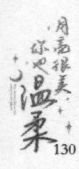

便去拧开大门。

"说完了吧，再见。"

阮轻寒还真顺着她的话起身离开，到了门口，又停下。

钟珥不明其意，挑挑眉头。

阮轻寒看着她："下周二你有空吗？"

"怎么？"

"这次你救了我，请你吃饭。"

钟珥拒绝："不用，顺手而已，就算是别人我也会救的。"

之前下定决心要跟他保持距离，她没忘。

可偏偏阮轻寒不按常理出牌，他若有所思，想了想："既然这样，上次你发烧我也照顾了你，那你请我吃吧。"

04

钟珥本以为只是简单吃个饭，在小区边上的饭馆就可以解决，不承想一大早阮轻寒就送来一条裙子让她换上，另附送一位上门的化妆师。

钟珥一头雾水："不是说我请你吃饭吗？"

阮轻寒点头："地点我来选。"

在钟珥的认知里，只有去那种昂贵的高级餐厅才要着正装。她开始回想银行卡里还有几位数，够不够这次被宰一顿。

阮轻寒看着她郁郁寡欢的样子，嘴角牵起一抹笑："放心，不会让你破产。"

被化妆师按在房间里捯饬了好一顿，钟珥终于顶着僵硬的脖子出了房间。阮轻寒坐在沙发上看手机，闻声目光扫过来，在她脸上辗转了几秒后，对跟在她身后的化妆师开口："技术还不错，今天辛苦你了。"

化妆师是个男人，举手投足带了几分妩媚的优雅，他抿唇一笑："知道了一则阮先生的秘闻，也算不虚此行。"

钟珥看他俩聊天就像打太极拳，推得她鸡皮疙瘩都起来了，她回房间找了件外套，出来时化妆师已经离开了。

她第一次坐阮轻寒的车，下意识地开了后座的车门，阮轻寒握着方向盘，看向后视镜。

"不坐副驾？"

钟珥一蒙："那不是你媳妇儿的位置吗？"

阮轻寒顿了顿，没再说什么。

132

车开了半个小时才到目的地，钟珥已经饿得饥肠辘辘，拎着裙摆下了车，望着眼前装潢得大气精致的酒店建筑，不明所以。

"不是去餐厅吗？你导航定错了？"

阮轻寒淡定自若，望着酒店大门上方的电子屏滚动播放着阮轻宁跟顾悠的名字。

"就是这里，我们进去吧。"

想要解除钟珥对他的误会，带着他哥那小孩儿再去一趟鉴定中心是没办法了，他只能折中，带她来参加订婚仪式。

顾家是做酒店连锁生意的，今天办酒宴这家酒店也是他们旗下的，阮、顾两家的内部员工们都知道，看到阮轻寒领着一位女士进来，大堂领班面带微笑地过来引领："阮先生，宴会在顶楼，我带您二位上去。"

阮轻寒点头。

钟珥心里的违和感更重了，酒店、宴会，她怎么感觉自己被阮轻寒拐去了一个不得了的地方？

"阮轻寒……"她有点没底，想临阵脱逃了。

阮轻寒低下头，在她耳边说："不要怕，待会儿跟你解释。"

他的语气竟有着抚慰人心的作用，缓解了她的慌乱。

电梯门打开，眼前赫然是另一番风景。

酒店顶楼的大厅被装饰得清新唯美，一条红毯从电梯门口直抵几十米外的舞台，红毯两侧摆放着花束和气球，还有很多正装出席的人，听到电梯门开，目光正缓缓聚集过来。

轻行俱乐部的几位单独待在一桌，顾子尧一杯酒喝了一半，视线被电梯门口的人夺走，他微微咂舌："阮哥开窍了啊，居然带着姑娘来参加阮大哥的订婚仪式。"

南尹坐在他旁边，跟着看过去："感觉有点眼熟。"

顾子尧回头："那个姑娘你眼熟？你认识的？"

南尹摇头："不确定。"

南尹和陆植山、阮轻寒几年前一起念的军校，当时也没少见过钟珥，只不过今天她妆容化得精致，和以前那个莽撞的小丫头区别颇大。他虽觉得像，也不敢肯定。

话音刚落，阮轻寒就带着钟珥走过来，看到他们俩问："植山呢？"

陆植山前一天刚在外地开拓完新路线，还来不及休息就连夜赶回来，这会儿正在楼下的房间补觉。

说话间，钟珥只觉桌上两人的目光都在她身上转悠。顾子尧笑眯眯先开了口："阮哥不先介绍一下吗？这位小姐姐是你的……"

阮轻寒看着他戏谑的神情，正想开口，被钟珥抢了先："朋友。"

钟珥听着他们的聊天内容，大致明白了这场酒宴是阮轻寒的哥哥和顾子尧的姐姐的订婚仪式，阮轻寒为何会带她过来不得而知，总之不会很轻松，她决定打起十二分精神应对。

反正，今天过后她就会跟阮轻寒划清界限了。

顾子尧看到阮轻寒脸色沉了沉，在心里暗笑，表情温和又亲切："哦，我们阮哥可是很少会带女士出入酒宴的，看来你作为朋友在他心里一定很特别。我叫顾子尧，旁边这个叫南尹，很高兴认识你，不知道你叫什么呢？"

钟珥礼貌回了个笑："钟珥。"

南尹表情不变，算是意料之中。

顾子尧的神情就很微妙了，他曾在陆植山嘴里听过这名字。当初阮轻寒去隔壁医学院军训，被一个叫钟珥的女学生发下狠话要追他，后面两人还真的谈了几年。只不过等阮轻寒毕业后调到外地出

任务受伤，钟珥就火速跟他分了手。

在陆植山嘴里，钟珥是个没良心的女人，实在配不上他们家阮轻寒。顾子尧听得多了，对钟珥的印象也变得很差。如今面对着本尊，在女人堆里游刃有余的他忽然不知道该摆出什么表情好。

空气忽然寂静，阮轻寒看了眼手机："老爷子找我，我过去一趟。你乖乖坐在这儿等我。"后面那句是对钟珥说的。

钟珥点头，目送他离开。

南尹漫不经心地看着大厅里的客人，顾子尧没了胃口，跟钟珥大眼瞪小眼。

实在想不通，他又掏出手机，跟南尹面对面地发短信："阮哥看着不近女色，该不会实际是个抖 M 吧？"

南尹扫他一眼，缓缓打出一个："？"

顾子尧："当初他胳膊受了这么重的伤，钟珥说走就走，这么无情的女人他居然还带她出席今天的订婚仪式！"

南尹："那是他的事，你气什么？"

顾子尧："我替他抱不平啊！我还以为他单身这几年是没找到合适的，我都想给他安排相亲了。结果到了今天才发现，原来他还惦记着钟珥。"

南尹："哦。"

顾子尧："我说了这么多，你就一个'哦'？"

南尹："子非鱼，安知鱼之乐？"

顾子尧："……"

顾子尧憋着一股气下不去，关上手机开始喝闷酒。

钟珥待在座位上无所适从，从刚才走出电梯门到现在，酒宴上仍有不少目光在打量着她。

她知道是因为阮轻寒的缘故，就像刚才顾子尧说的，阮轻寒很少带女伴参加这种正式宴会，况且他已经有家室，一举一动肯定备受关注。

手臂忽然被人推了推，她扭头，看到一张纯真可爱的笑脸，正是当初被阮轻寒带去让她做鉴定的那个孩子。

阮轻寒的孩子。

钟珥笑意微僵："怎么了？"

小孩儿将一个盒子送到她眼前，嘴里还含混不清地叫着什么。

才两岁多的孩子发音口齿还不清晰，钟珥听了半天，才理解他在喊她"婶婶"。

她接过盒子，打开，里面是一对耳环。

那是她落在阮轻寒车上的。

小孩儿笑眼弯弯，肉肉的小手指向一个方向："叔叔，叔叔送给，婶婶。"

钟珥顺着他指的地方看去，一扇打开的包厢门，露出阮轻寒的半张脸，轮廓立体，眉眼柔和。

钟珥觉得不对劲儿："你为什么叫他叔叔？他不是你爸爸吗？"

"扑哧！"一旁听力灵敏的顾子尧差点被一口酒呛到，刚才的

郁闷之气尽散，仿若听到了什么笑话，"阮哥连对象都没有，哪儿来的孩子？钟小姐可真逗。"

是讽刺的语气，钟珥却听得一震。又见小孩儿噘起小嘴巴，看向舞台："我的爸爸，在那儿。"

舞台边侧，阮氏的掌舵人阮轻宁一身白色西装，胸口别着一朵玫瑰，正皱着眉跟一位工作人员沟通。

小孩儿指的人，正是他。

05

阮轻寒回去时，已经不见钟珥的身影。

顾子尧轻声哼笑："她刚知道你没结婚也没孩子，可震惊了，这会儿估计正躲在厕所笑呢。"

阮轻寒看他那没个正行的样，微微蹙眉："别欺负她。"

顾子尧撇嘴："阮哥你这偏心也太明显了。有你在这儿，谁敢欺负她啊？"

与此同时，洗手间里空荡荡，钟珥面对着镜子里的自己，陷入了沉思。

她从头到尾误解了阮轻寒。

以为他结婚生子，以为他言语轻佻，以为他不自重。

她早该想到的，他对那份鉴定报告的不在意，对自己已婚身份的不自知，对她让他自重的提醒嗤之以鼻……

以及，结婚后本该戴在手上的戒指，他空空的手指上连戒指痕迹都没有。

不得不说，在顾子尧说出真相的那一刻，她的心情五味杂陈，怪复杂的。

洗手间门被推开，走进来一个打扮时髦的女人。

她走到钟珥旁边的洗手池掏出化妆包，补妆的同时透过镜子打量了一眼钟珥，以为钟珥是不适应宴会上的气氛，说："这种酒宴就是换一种形式的生意场，习惯了就好。"

她的声音很温柔，钟珥回以一笑："谢谢。"

即便自己烦心的事跟今天的宴会毫无关系，但能得到路人的一句好心安慰，钟珥还是觉得温暖不少。

收拾好心情，钟珥走出洗手间。

饥肠辘辘的胃在抗议，她要找点儿东西填填肚子，不料刚走了几步就接到了阿宁的电话。

听到话筒那边传来小孩儿的抽泣声，她眉头微皱："我马上过去。"

钟珥裙子都没来得及换，离开酒店就打车直奔鉴定中心，阿宁从接待室出来，看到她的正装，歉意地开口："不好意思啊钟珥姐，知道你今天休息还麻烦你过来一趟，实在是小宝一直吵着要见你。"

钟珥点头："小宝人呢？"

小宝是之前被爸爸带着来这里做过鉴定的孩子，当时正是钟珥负责，她记得很清楚，小宝那份报告上写的是非亲生关系，小宝的爸爸还因此失控离开过。

虽然后面他回来接走了孩子，钟珥却觉得这件事没那么容易结束。

果不其然，这段时间小宝的父母开始闹离婚，天天在家里非吵即闹，小宝待不下去，离家出走了。

阿宁是午休出去拿外卖的时候看到他的，小孩儿孤零零地蹲坐在鉴定所门口，手里还攥着当初钟珥给他爸爸的工作名片。

而他之所以会来找钟珥，完全是因为钟珥当时安慰过他。

钟珥走进接待室，原本在凳子上坐得好好的孩子顿时朝她跑过来。钟珥伸出手臂，任他抱了个满怀。

小宝的眼睛红红的，看上去像是刚哭过，委屈地看着她："姐姐，小宝要变成没人要的孩子了。"

他的父母闹离婚，他的抚养权也被推来推去。

钟珥暗叹心疼，这孩子也不过七岁，小小年纪就要承受不该他承受的一切。

她揉了揉他的脑袋，将他放在靠墙的凳子上。

她从口袋里掏出一颗糖，拆开包装："要不要尝尝？"

小宝眨了眨眼睛，止住抽泣声。

上一次他哭，她也是用糖安慰他的。

钟珥温温一笑，看出他的疑惑："姐姐曾经也很喜欢哭，但有个人告诉我，糖和眼泪是可以相互抵消的，当你想哭的时候吃一颗糖，甜甜的味道在肚子里散开，你就不会觉得难过了。"

小宝似懂非懂地点点头，乖乖地张开嘴巴："那小宝不要难过，小宝吃糖。"

钟珥将糖喂进他的嘴里，等他吃完问他："听阿宁姐姐说你是一个人过来的，不怕迷路吗？"

小宝摇头："姐姐工作的地方离小宝家不远哦。我给司机叔叔看了这张纸，他就送我过来了。"他摊开紧攥着的小手，掌心躺着一张揉皱了的钟珥的名片，"爸爸把它扔进垃圾桶了，我翻了好久才找到呢。"

他的眼睛湿润清澈，钟珥揉了揉他的脑袋。

"小宝才不是没人要的孩子哦，我刚才给你爸爸打电话了，他说等会儿就来接你回家，咱们就在这儿等他好不好？"

小宝原本低垂的眼睛蓦然瞪大，猛摇头："不要不要，姐姐，我不想回去。他们吵得很凶，我害怕。"

同样的地点，明明上次还在期盼着爸爸来接他，这次却满脸写着拒绝。父母这次闹离婚，怕是给小宝造成了心理阴影。

钟珥犹豫着："那……姐姐送你去外婆家？"

小宝清亮的眼眸暗了暗，他的外婆早就去世了，爷爷奶奶也不喜欢他。

他摇头："姐姐，没人喜欢我的。"

分明还是张稚嫩的脸庞，却露出与他年纪不符的忧郁。钟珥叹了口气，看到阿宁发的短信，问她要不要报警。

这种情况让警察处理或许是正确的方式，但不是合适的决定。

钟珥想了想，走出接待室，给小宝爸爸回拨了个电话。

几分钟后，她回到接待室，冲小宝笑眯眯地伸出手："别担心没地方去，还有姐姐家呢。"

钟珥打电话过去时小宝的父母正在吵架，两人都无暇顾及孩子，索性托付给了钟珥。刚挂完电话，对方微信就直接给她转了生活费。

钟珥盯着那条转账消息，有些哭笑不得。

钟珥一直觉得自己好像忘了什么东西，带小宝回家看到对门微敞的大门时才恍然，她离开酒店时好像忘记跟阮轻寒说了。

小宝原本是牵着她的手，等看到邻居家的窗户闪过一抹白时激动地追过去："姐姐，这里有猫哦，好可爱。"

他声音很大，话音刚落，钟珥就看到阮轻寒的身影出现在门口。他抱臂，看到小宝后皱了皱眉，又看向她。

钟珥忙道歉："对不起啊，亲戚家的孩子，这几天会住在我这儿，可能会有点吵。"

阮轻寒抿唇："你今天离开，就是去接他？"

钟珥心虚："事发突然，所以没来得及跟你说。"

阮轻寒点头："哦。"

顾子尧说她去了洗手间，他等了半个小时没见着人，监控里她离开得匆忙，打电话又占线，他还以为她出什么事了。

一个"哦"说得云淡风轻，潜台词却是"没事就好"。

钟珥在知道自己误会他已婚后就没想好怎么面对他，不承想一

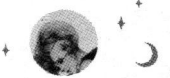

回家就狭路相逢，两人只能相顾无言。

沉默中，还是小宝打破寂静。

他小手指着被他吓得瑟瑟发抖的白猫，问："叔叔，这是你家的猫吗？叫什么名字啊？"

阮轻寒扫他一眼，淡淡地答："你问哪个名字？"他对小孩子没什么耐心。

小宝眨眨眼："它有很多名字吗？"

阮轻寒点头："以前叫妙妙，现在，"顿了顿，"叫王权富贵。"

钟珥顿时愣怔。

小宝露出嫌弃的表情："妙妙好听，王权富贵……这名字好奇怪哦。"

阮轻寒微微挑眉："奇怪？不觉得听起来就很有钱吗？"

钟珥："……"

他一定是听到了她那天说的话。

第 六 章

他锱铢必较，是要报酬的

01

小宝喜欢猫，住在钟珥家后，每每放学没事就去对门撸猫。

偏偏王权富贵又不准他靠近，看到他的身影就往高处躲。小宝只能求助阮轻寒："叔叔，你能不能把王王抱下来呀。"

阮轻寒觉得这孩子眼神不太好，他和钟珥也就相差三岁，怎么她是姐姐，他就变成叔叔了？

再者，王权富贵好好一名字，怎么又被改成"王王"了？

明明是只猫，这一叫叫跟小狗似的。

他瞥了眼小宝："它脾气不好，强行抱下来会挠你的。"

小宝傻了："挠我？"这猫看起来挺温顺的呀。

阮轻寒点头："挠完你就要被带去医院打针，怕不怕？"

提到打针，小宝脸色霎时变白，连连摆手："那还是别勉强王王了。姐姐应该做好饭了，我先回去了。"

钟珥一个人住的时候三餐是怎么方便怎么来，但小孩子要补充营养，不能敷衍。于是乎，这几天冰箱里的速食她再没动过，而是每天下了班接小宝放学，两人再去菜市场溜达一圈。

她厨艺只能算一般，好在小宝并不挑食，每次都是十分给面子地吃光一整碗。

吃完饭，她端着残羹剩饭回厨房收拾，小宝拿着练习册屁颠儿屁颠儿地跑过来："姐姐，你能帮我看看这道题吗？"

144

"可以啊。"钟珥愉快答应，抽空回头瞄了眼。

然后傻了。

她上学的时候理科成绩还不错，但小宝才上二年级，小学生的数学题按理来说她是能信手拈来的。然而她盯着那页练习册看了半天，只能得出——嗯，那几排填空的方框排列得很整齐。

题目的语气用词也很活泼。

出题的老师脑洞挺大的。

结论是，她答不出来。

看着小宝那双渴望知识的眼睛，她沉默了一下，提出建议："要不，你去问问隔壁那位叔叔？"

她只是顺嘴一提，没想到小宝还真的去隔壁把阮轻寒拉过来了。

她从厨房出来，正好跟进门的阮轻寒对上视线。

钟珥穿着一身居家服，头发扎成两个鬏，外面套了件小熊围裙，整个人看起来很有生活气。阮轻寒还是头一回看到她这样的打扮，不动声色地多看了一眼，然后若无其事地低头问小宝："在哪儿教你？"

他不喜欢小孩子，更别说教他们功课了，但小宝找他时说的那句"姐姐让我来找你……"成功取悦了他。

两人坐在客厅的茶几旁，开始了正式的辅导功课。

钟珥站在一边，感觉自己有点多余，想了想，问："要不，我给你们洗点儿水果吧？"

阮轻寒看她一眼，点头。

钟珥从冰箱里取出一串葡萄往厨房走，耳朵敏锐地关注着身后的动静。

低沉的男声在问："哪道不会？"

小孩"嗯"了一声："这个。"

"我看看。"安静片刻，男声开始解答，"你们老师课上应该教过，余数是不能小于除数的，所以这里的三角形最小应该是7，然后你试试把7代入……这样那样……能明白吗？"

小孩儿的声音有点犹豫："嗯……好像可以。"

接下来的水声盖住了客厅的声音。

钟珥将葡萄一颗颗揪下，手上动作没停，思绪却神游天外。

她有时候觉得生活挺戏剧的，不管是跟阮轻寒在鉴定中心重逢，之后误以为他已经结婚，还是想重回陌路却一次次产生交集。

她原本都快忘记和他当初的那段回忆了，可当他一次次出现在她面前时，那些画面和场景又鲜活地浮现在脑海里。

她隐隐感觉到，那时因他而生的悸动，即使经年也未消失，反而有越来越烈的趋势。

可是，一段感情里，最先决定退出的那个人，能允许有重来的机会吗？

她忽然想到了他脖子上那个辨不清形状的刺青。

即便他没有结婚，他脖子上那个念念不忘的前女友印记，似乎也是座无法逾越的大山。

给小宝讲题口干舌燥，阮轻寒起身去接了杯水，他身高腿长，回来时差点没踢到书柜。

自从小宝来后，钟珥家的客厅就稍微改变了下布局，加了张折叠床，又堆了一些小宝的行李和玩具，整体空间变得狭小许多。又因为小宝没事就喜欢在客厅转，让不少东西移了位置，看起来就显得有点乱。

　　阮轻寒皱了皱眉，他的洁癖不允许自己存在这样的空间里。

　　于是，他手一痒，便开始整理起来。

　　等钟珥捧着洗好的水果出来，客厅已经变得井井有条，所有东西都回归原位。

　　她一顿，看到小宝笑嘻嘻地替阮轻寒邀功："姐姐，都是叔叔整理的哦，他好厉害。"

　　钟珥回了个笑，将水果放到茶几上："谢谢。"

　　其实刚出来看到这个场景时钟珥就猜到是阮轻寒做的了，毕竟有洁癖的人都爱干净，她家这么乱也难为他愿意进来。

　　阮轻寒眉梢微挑："不客气。"

02

　　小宝作业写得很认真，钟珥颇感欣慰，拍了张照片发到朋友圈。

　　小耳朵：给大家介绍下我的学霸弟弟。【配图】

　　她自觉照片拍得很好，无论是光线和角度，还是小宝可爱的侧脸，都堪称完美。

　　只是没想到她列表的好友都火眼金睛，纷纷揪着照片右下角无意露出的阮轻寒的手不放。

　　网友：弟弟好可爱，但我更想看右下角那个哥哥。

小学同学：弟弟是在被辅导吗？老师的手好好看，一定是个男老师吧？

同事甲：学霸弟弟，旁边是不是还有个教他的学神大佬？

阿宁：小宝好可爱！不过钟珥姐，你家是不是还有别的客人啊？

【偷笑】

可可：这只手？有点眼熟哎！！！ @大灰狼

大灰狼：这……就一只手而已，恕我看不懂是谁的。

一粒微尘：Rer。

一粒微尘刚评论完，可可几乎是秒开了钟珥的聊天界面。

可可：嗯？？？

可可：我好像错过了什么八卦的样子？？？

可可：小耳朵，怎么回事？你和 Rer 同居啦？？？

可可：我的天，你们也太保密了吧！我们都完全不知道！什么时候开始的？谁主动提的？

可可：所以那天在黎阳十八环，你没有参加聚餐是因为 Rer 对不对？

可可：你们俩那天约会了？？？

一连串的消息振动让钟珥猝不及防，打开微信就看到可可的连续轰炸，那串问号看得她头皮发麻。

小耳朵：啊？不是，可可你误会了。

小耳朵：他只是住我隔壁，今天是来帮我弟弟辅导功课的。

可可：辅导功课？你确定？Rer 才不是这么热心肠的人。

小耳朵：确定，因为之前帮过他一个忙，他被拉来还人情。

她上次救过他，所以也不算扯谎。

可可不死心：可惜了，不过你俩都单身，看上去也挺配的。小耳朵你要是对 Rer 有好感，千万撒丫子追，我看好你！

小耳朵：呃，说到这个……

小耳朵：可可，我问你个事啊，你是什么时候认识阮轻寒的？

可可：哈？也有两年多了吧，那会儿轻行刚成立，我还是资历比较老的一批会员呢哈哈哈。你干吗问这个？

小耳朵：那你认识他当时的女朋友吗？

可可：当时？没有吧，他都单身好几年了。俱乐部里倒是有好几个小姐姐喜欢他，可惜都被他拒绝了，张萌算是坚持得最久的一个。

……

阮轻寒一边给小宝讲题，边看了眼钟珥。见她看着手机屏幕一会儿皱眉一会儿咬唇的，不知道在给谁发消息。他眼底划过一丝不悦，忍不住开口："麻烦把你的手机调一下模式，太吵了。"

钟珥正对着可可的那句"单身好几年"发呆，听到阮轻寒的声音猛地一震。

差点忘了八卦的正主就在眼前。

她点点头，"哦"了一声。

她难得乖巧，阮轻寒倒有些不适应了，低头视线回到练习册上。

钟珥又和可可聊了几句，看到朋友圈多了几条新消息，便一一点开。

除了一些朋友的揶揄和彩虹屁，阮轻寒不知什么时候也给她点了个赞。

他的朋友圈万年不更新，她还以为他不会看动态呢。

想到评论底下某些他可能会看到的留言，她耳根子燥红，假装没看到便关掉手机。

钟珥打开电视，将音量调得很小，尽量不会打扰到两人学习。

阮轻寒看着她认真的侧脸，又鬼使神差地翻开刚才存下的照片，发到一个微信群里。

配文：学习。

照片里，小宝低着头苦思冥想，而阮轻寒的手则点在练习册上某一处。

秀弟弟，谁不会啊？

他这条消息发出去，群里忽然活跃起来。

顾子尧：我没睡醒吗？阮哥什么时候当家教了？

顾子尧：哥，你不会是把谁家孩子给拐了吧？

顾子尧：按你这对小孩子没耐心的程度，我总觉得你会一言不合揍他一顿。

顾子尧：赶紧给人送回去吧，家长应该挺担心的。

阮轻寒：……

同样是晒照，怎么人和人的差别就这么大？

阮轻寒：滚。

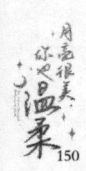

南尹：孩子挺可爱的，背景似乎不是你家。

阮轻寒：嗯。

总算来了个眼神还不错的。

陆植山：这题咋回事啊？

陆植山：一个水池注满水需要 3 个小时，放完水需要 5 个小时，问同时注水和放水需要几个小时注满？

阮轻寒：？

陆植山：同时注水和放水？不是，水资源这么珍贵你咋说放就放呢？

阮轻寒：……

题是重点吗请问？

他有点头疼。

阮轻寒收拾客厅的时候把折叠床收起来了，晚上小宝作业做到犯困，钟珥想把折叠床放下，被他拒绝。

"客厅这么小，别放床了，我家有房间。"

钟珥和阮轻寒的房子都是两室一厅，钟珥家的次卧被房东用来装杂物了，没法使用。阮轻寒家倒是挺空的，就是——

"他晚上做梦可能会哭，怕吵到你。"

阮轻寒不置可否："我家隔音还不错。"

钟珥也不想小孩子睡折叠床，既然他这么一说她也就妥协了："那就谢谢啊。"

阮轻寒抱着孩子扭头看了她一眼。

嘴上说谢谢怎么行，他锱铢必较，是要报酬的。

03

轻行俱乐部每半个月要开一次工作会议，针对上半月的总结，以及下半月的计划。

阮轻寒一早就去了办公室，发现偌大房间里只有南尹和顾子尧在。

他皱了皱眉："植山怎么回事？"

顾子尧举手："他起晚了，现在正过来呢。"

正说着，陆植山电话打了过来，表示他现在路上堵车，让大家先开会，他戴耳机听着。

于是乎，三个人加一部手机就这样开起了会。

轻行俱乐部属商业工作室，有几家长期合作的运动品牌赞助，除了管理层几位身兼数职外，在俱乐部会员中也招募了一些经验丰富的领队，都由作为经理的顾子尧负责对接。

所以每次开会，主要也是顾子尧在总结规划。

电视屏上滚动着他做的 PPT，数据整理得清晰明了。阮轻寒看得入神，一直没说话的陆植山那边忽然传出剧烈的一声撞击。

顾子尧微愣，停下报告："怎么了这是？"

南尹看向手机："似乎出了车祸。"

阮轻寒拧眉，拿起手机。

话筒里响起喇叭声，过了几秒听到陆植山强忍着疼痛发出的低骂："流年不利。"

阮轻寒问："怎么回事？"

陆植山说："你们继续开会吧。我撞到了一个妹子，市医院就在附近，我先送她过去。"

随后电话被挂断。

几人目光相对，阮轻寒起身："会就先开在这儿吧，子尧等会儿把 PPT 打包发到工作群里共享。我去医院看看。"

顾子尧今天事情多，南尹也要留下协助他，没法抽身离开，只好点头。

医院大厅很多人在排队挂号，空气中消毒水的味道很浓，阮轻寒皱了皱眉，有些不适。

医院是个充斥着死亡和绝望的地方，自从小时候母亲在这里离开，阮轻寒有很长一段时间都没法来这儿。

陆植山在急诊室，他看着走廊上的路标指示牌，走进了电梯。

电梯里人不多，抱着孩子的父亲、拄着拐杖的老人、提着几盒外卖的小哥……他视线一转，看到角落里戴着鸭舌帽的男人。

帽檐被压得很低，手背在身后，整个人看上去有些不安。

电梯在二楼停下，阮轻寒目送他出去，忽然扫到他藏在袖管里轮廓突出的物什。

阮轻寒神情一凛，立即拨开前面的人跟了过去。

鸭舌帽男鬼鬼祟祟地走到外科门诊处，左右瞄了一眼，他顿时停下步子，假意低头看手机。过了几秒再抬头，对方已经推门进去了。

这个年代医闹屡见不鲜，阮轻寒听说过很多次，没想到有朝一日会让他撞见。等他迅速跟进房间，男人正握着那把水果刀步步逼近一个后退躲闪的医生。

阮轻寒厉声喊道："住手！"

男人愕然转身，便见飞来一腿直击小腹，他还没反应过来，手中利器已经被夺走，双手也被人反剪住了。

阮轻寒在军校也是练过防身功夫的，对付这样一个歹徒不在话下。

很快，医院里其他医生也闻声赶来。

有人报了警。

钟子续看着那个一脸狠相的持刀人，对方几天前还在哀求让他救救他那位重病的妻子，转眼间，已经被仇恨蒙住了眼睛。

即便已经被制伏，对方看向他的目光依旧是阴狠厌恶的，嗤笑："原来你面对死亡的时候也会怕啊，医生，我老婆没有活下来，你本也不该活着。"

钟子续叹气："你妻子的病已经是晚期，用药只会让她更痛苦。"

"明明是你剥夺了她活下去的权利！去死吧！"男人从牙缝里吐出这句话，试图挣开身后的束缚，用脑袋撞向钟子续。

钟子续后退两步，阮轻寒察觉，用膝盖捅了歹徒一下："老实点儿。"

刚才一时情急只注意歹徒了，他这会儿才看清眼前这位医生

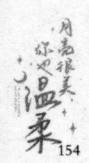

的脸，面善和蔼，他曾在钟珥家摆放在客厅的全家福里见过。

他无意间救下的人，原来是钟珥的父亲。

警察很快带走了歹徒，也对钟子续和阮轻寒做了笔录。

钟子续很感激阮轻寒的出手相助，跟他互换了联系方式："不知道怎么感谢你好，有时间请你吃饭吧。"

阮轻寒也没客气："那您先忙。"

就这一会儿工夫，陆植山已经从急诊去了病房，阮轻寒过去时，他正坐在走廊的长凳上。

"没事吧？"

陆植山摇头："打了麻药缝了几针，这会儿在病房休息。"

阮轻寒看到他袖子半挽着，露出的手臂有几道渗血的划痕。

"你也受伤了？"

陆植山咂嘴："妹子指甲长，被她划的。"

阮轻寒看到他神情微妙，挑眉："真不像你风格。"

陆植山动静大，不是会乐意吃瘪的人，即便对方是女孩子，他也不会心软。

陆植山抿唇，脸上罕见地露出一抹荡漾春意。

"我以前还觉得一见钟情都是唬人的，现在想想，或许真有这么一回事。"

阮轻寒瞬间明白了。

04

秋冬之交，天气变冷了许多，钟珥感觉外套上都沾了点儿湿润的雾气。

她拎着在路边买的早餐走进鉴定中心，被前台坐着的国宝少女吓了一跳。

她看了好半天才认出来："阿宁？"

阿宁虽然化了淡妆，眼下两个黑眼圈却极其醒目，之前的齐腰长发被剪短了，整个人看起来干净利落，精神却恹恹的。看到钟珥，她打了个招呼："钟珥姐早安。"

钟珥走近，递了杯豆浆给她："怎么憔悴成这样，没休息好？"

阿宁前两天请了病假，钟珥只当她是生病了，视线一转却看到倚在墙边的拐杖，不由得多问了句："你的脚怎么了？"

阿宁接过豆浆，喝了两口："没事，被个冤大头开车撞了一下，好得差不多了。"怕钟珥不信，试图站起来用行动证明。

钟珥赶紧将她拉坐下，动作这么大，就算伤快好了也得再崩开。

她对其中一个词很感兴趣，微挑眉梢："冤大头？"

阿宁点头，想了想，解释："就是……一个脑子不太好的有钱人。"

想到那个人她就觉得脑仁疼，分明不看路闯红灯的人是她，他作为受害司机不想着自证清白还上赶着赔偿，可不就是冤大头吗？

钟珥看她的表情千变万化，笑得极有深意："那你这黑眼圈也是他弄的？"

阿宁赶紧摇头，像是触到了红线，嫌恶地撇了撇嘴："另一个渣男，

不提也罢。"要不是那个花心大萝卜，她也不至于闯红灯被车撞。

既然说是渣男了，钟珥也就明白其中含义，不再多问，转移了话题："我那儿有枸杞和菊花，你要是眼睛不舒服，可以去泡点儿喝。"

虽然钟珥在工作上比较严谨，私底下却很好相处，这是阿宁喜欢亲近她的原因。

"果然还是钟珥姐对我最好啦。"阿宁打起一点精神，抬眼看向钟珥时忽然发现了什么，眼睛一亮，"你今天穿得好正式啊，难道是下班有约会？"

钟珥的穿衣风格一向随性，平时怎么舒服怎么来，反正上班套上工作服也看不见。

但今天她难得搭了身正式的小西装，颇有一股白领精英范。

"小宝他们班今天要开家长会，他爸妈还在闹离婚，我作为暂时监护人总得去镇镇场子。"

阿宁不解："那孩子也在你那儿住了快一个星期了吧，你还真就打算照顾到他爸妈离婚啊？"

"不会，我已经跟他父母约好了这周末把孩子送回去。"钟珥瞥了眼墙上壁钟，撩了撩额角碎发，"上班时间到了，你这腿脚不方便记得少走动，我去换衣服了。"

小宝学校的家长会在下午两点开始，钟珥特意跟所里请了假。

赶过去时，小宝正在校门口等她，穿着规矩的校服，左顾右盼的他在目光触及她后迅速冲了过来，小奶音还在喊着："姐姐！"

钟珥笑吟吟地牵过他的手："等很久了吗？姐姐没来晚吧？"

小宝也跟着笑，眼睛像月牙似的："还没，运动会要等会儿开始呢。"

运动会？钟珥眼皮一抖，嘴角的笑意僵了："不是家长会吗？"

昨天晚上小宝跟她说学校有活动，需要家长参加，她以为是家长会顺口就应下了，没想到居然是亲子运动会。

看着操场上一片运动休闲风的家长们，钟珥觉得自己这身小西装实在太过显眼。

更让她不自在的是，阮轻寒竟然也在。

他的着装格外悠闲，连帽外套加上休闲长裤，和周围气氛融合得恰到好处。

小宝说亲子运动会需要一家三口参与，因为钟珥单身，他只好把阮轻寒搬过来凑合。

借着活动即将开始的空隙，钟珥悄悄打量着阮轻寒，依旧是一如既往的面瘫脸，正在认真听着台上主持老师的发言，眉头不时微皱。

按她对他的了解，这人一向很讨厌麻烦，怎么会答应小宝的请求？

正琢磨得入神，忽然一声轻咳将她的思绪拉了回来。

"看够了没？"阮轻寒侧目，拆穿了她的偷看。

钟珥心虚地扭回了头。

下午阳光正好，暖暖的金色光线跳跃在她的发尖和耳畔，薄薄的耳郭透着粉，能清晰看到皮肤下的毛细血管。

阮轻寒本是轻轻一瞥，目光落在她耳朵上，忽然喉结一滚。

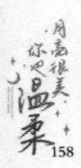

下一刻，钟珥的耳朵就被两只狼爪捏了捏。

触感只有一瞬，等钟珥反应过来，他已经收回了手。

而他刚才碰过的地方，烫得要命。

钟珥下意识地捂住："你摸我耳朵干吗？"

分明是质问，因为压着嗓音，竟莫名带了几分嗔意。

阮轻寒捻了捻指尖，睁着眼睛说瞎话："刚才有蚊子，帮你赶跑了。"

小宝站在两人中间，听完阮轻寒的话有些摸不着头脑："哥哥，这个季节好像没有蚊子耶？"

钟珥听到这称呼一愣，之前还是叔叔，怎么就降辈变成哥哥了？

她看向阮轻寒，对方嘴角挂着浅浅的笑，揉了一把小宝的脑袋："乖，我说有就有。"

说是亲子运动会，其实项目都是些体力和脑力结合的益智游戏。

估摸着学校也就是为了增加父母和孩子的感情，策划的互动全是考验默契跟配合的，只不过，对一身正装的钟珥不太友好就是了。

她的小西装正好修身，然而动作幅度稍一大就容易走光，没办法，只能别扭地扯着衣摆继续完成游戏。

玩到一半时阮轻寒看不下去，干脆脱下外套系在她腰上，把该挡的地方都挡住了。

宽大的休闲外套围在小西装外边其实有些不伦不类，钟珥低头瞅了眼，本想拒绝，但客套也要分场合，此时此刻，她的确需要一件衣服遮一下。

想了想，她还是咬唇道了句谢。

走在前边的人忽然停了步子，钟珥跟在后面没注意撞到了他坚实的后背。

额头疼得不轻，她眼皮一撩，瞪过去的目光被他接过。

"不看路？"

虽然是问句，但他的语调很轻，声音低低的，钟珥居然从中听到了些许宠溺的意思。

错觉，一定是错觉。

她义正词严地辩解："你要是停下之前吱个声，我也不至于……"

阮轻寒也只是随口一问，没想到她反应这么大。双颊气得鼓鼓的，像偷食的兔子。目光再瞥到她额角泛着的红——还是这么细皮嫩肉经不住磕碰。

他顿了顿，坦然道歉："我的错。"

道歉来得太快，把钟珥剩下的吐槽的话堵在了喉咙里，她呆了片刻，仰头看了看天。

今天阳光明媚，不像会下雨，也没有任何异象。

阮轻寒看着她这番奇怪的动作："怎么了？"

她摇头："没，就是确认下，今天太阳是不是打西边出来的。"

05

小宝的家事班主任也略有耳闻，等运动会结束后把钟珥叫到办公室谈了谈心。

内容无外乎是让她劝劝小宝的父母，如果真的想离婚，希望能多关注下孩子的心情。

班主任只当是夫妻俩感情不和，钟珥了解一些内情，也明白那一地鸡毛没那么好收拾。

但老师也是出于关心，她钟珥又不是当事人自然没法说些什么，只能应和几句。

离开办公室时已经是放学点儿，操场上热闹的人群散去了大半，却不见阮轻寒和小宝的踪影。

钟珥站在校门口给阮轻寒打电话，话筒里嘟了几声后就被挂断了，随即路边一辆墨黑色的车窗探出一个小小的脑袋，冲她招手。

"姐姐，在这儿。"

钟珥走过去，驾驶座的车窗缓缓落下，露出阮轻寒那张清俊的脸。

"回家？我送你们。"

钟珥把他那件外套披到了肩上，看起来有点大，跟小西装也不搭，但气场莫名合衬。

她绑了个低马尾，耳边留着些许碎发，风一吹，蹭着脸颊飘到了耳后。

"不用麻烦了，我待会儿要和小宝去超市买菜。"她说着，将外套取下来递给他，"今天谢谢你了，风有点大，衣服先还你，回去拿给我洗就成。"

阮轻寒除去外套只剩一件薄薄的卫衣，下午风大，又是秋冬之交，钟珥还真怕他因此着凉。

阮轻寒倒也没客气，接过外套就穿上，看她准备接小宝下车，开口："上车吧，一起去超市。"

钟珥没反应过来："你也去？"

小宝在这时插话："姐姐，我已经邀请阮哥哥去咱们家吃饭了。"

"哥哥"二字叫得格外清脆，分明前几天阮轻寒还对小宝没什么耐心，不过就是在他家睡了几晚，这关系亲近得也太突飞猛进了吧？

不过她转念一想，自从小宝来了之后，他的确帮了不少忙，又是辅导又是借房间，今天还客串了一下家长，理应是要感谢一下的。

钟珥遂点头："那就一起去吧。"

她本想跟小宝一块坐后座，但拉开车门看到小宝的座椅旁边是堆成山的零食，已经容不下一个大人了。

"这么多吃的，你是打算开个小卖部？"

"明刻喜欢，买给他的。"明刻是小宝的大名，阮轻寒嫌小宝这个昵称太肉麻，每次都是连名带姓地喊他。

钟珥一头黑线："买这么多他也吃不完吧？况且小孩子正长身体，垃圾食品要少吃，甜食吃多了还会得蛀牙呢。"

阮轻寒似笑非笑："我听说，你经常给他买糖吃。"

五十步也别笑一百步。

钟珥："……"行，她不说话了。

阮轻寒今天出尽了风头，因为他是一干家长里最年轻也是颜值最高的，收获了不少惊艳的目光。连带着小宝也与有荣焉，一路上难得话多，分享着同学们对他的夸赞就没停过。

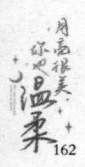

超市还没到，钟珥耳朵已经要被吵出茧子了，她幽幽地看向小宝：“你那些同学里全是夸他的，就没有提到我的吗？”

倒不是她吃醋，只是她今天难得穿正装，自问在运动会上表现得也没那么差。

按理来说，不至于给人一点印象都没有吧？

小宝点点头：“有啊。”

钟珥眼睛一亮。

小宝：“好多人都羡慕你能和阮哥哥在一起呢！”

钟珥：“……”

因为阮轻寒跟钟珥都是作为小宝家长出席，在场的人都默认两人是一对儿，从颜值上来说阮轻寒略胜一筹，钟珥那身正装衬得她模样古板严肃了些，便有人扼腕叹息，觉得是阮轻寒一朵鲜花插在了她这牛粪上。当运动会上阮轻寒为她脱下外套时，众人都酸成了柠檬精。

钟珥不乐意了，眉毛皱成一团，嘀咕着：“夸他就夸他，用得着贬我吗？”

阮轻寒又不是什么高不可攀的神仙，她哪里配不上他了？

这样想着，她侧目扫了眼开车的人。夕阳的余晖透过车窗洒落在他脸上，而他神情专注地看着眼前。

认真的男人总有种不可言说的魅力，刚才的不快悄然隐没，她心口猛缩，下一瞬，听到了自己的心跳声。

钟珥是去超市买食材，阮轻寒则是去日用品区逛了一圈，等到门口会合时，钟珥拎着菜，看到他提着一个黑色袋子出来。

袋子里装了一个体积不小的瓶子，能隐约看到些轮廓。

钟珥好奇："你买的什么？"

阮轻寒接收到她疑惑的目光，背着手："没什么，走吧。"

到了小区楼下，两人见到一个久违的人影。

张萌穿着风衣，蹲坐在门口，听到脚步声抬起头看到阮轻寒，她阴郁的眉眼浮上些许明朗。

但下一刻，她嘴角的笑意就凝滞了。

她看到一贯独来独往的男人身边，站着钟珥和一个小孩儿。似乎是刚买菜回来，两人手里都提着东西，小孩儿站在中间，颇给人一种一家三口其乐融融的错觉。

压住心头酸涩，她笑着打了个招呼："轻寒，好久不见。"

钟珥牵着小宝的手，自觉地退出画面："那我们先上去了。"

目送一大一小消失在门口，阮轻寒抬眸看着张萌："找我有事？"

他看钟珥的目光很温柔，转而看她时就恢复了冷淡。

张萌咬唇："你怎么不问，我是怎么找到这里来的。"

阮轻寒摇头："不需要。"他搬家的事只告诉了几个朋友，她能找过来想必也是做了一些调查。无需思考的事，更不必问了。

张萌顿了顿，忽而扬起嘴角，自嘲："也对，反正我追了你这么久，我是什么样的人，你怎么会不知道呢？"

她站起身，走到他面前，认真地抬头看着他，说着只有两个人

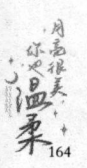

才能明白的话。

"她到底有哪点好，值得你这么念念不忘？"

阮轻寒皱了皱眉："我又有哪点好，值得你念念不忘？"

……

钟珥回到家就去厨房忙活了，回头一看小宝没在客厅，试着喊了声，听到从阳台传来的回应。

她从厨房探出头，见小宝扒在阳台的围栏往下看。

"看什么呢？"

小宝扭过头，表情很是惋惜："那个阿姨好可怜，跟阮哥哥说了几句话就哭着走了。"

从阳台正好能看到楼下单元门发生的事情，虽然听不到谈话，但从两人的动作能猜到大致情况。

无非是妾有意，郎无情。

钟珥擦干手，轻轻捏了下小宝的脸颊："那个女孩子比我还小哦，不能叫阿姨，要叫姐姐。"

小宝摇摇头："我喜欢的就叫姐姐，不喜欢的就叫阿姨。"

还挺任性，钟珥忍俊不禁："那你为什么不喜欢她啊？"

小宝眨巴着眼，想了想："她看哥哥的眼神，就像在看一块喜欢的糖，随时准备吃掉一样。我不喜欢。"

"你家哥哥这么好看，被人喜欢不是很正常的吗？"

"被别人喜欢不行，被姐姐你喜欢可以。"

钟珥愣怔："为什么？"

"哥哥平时可冷酷了，但是跟姐姐在一块儿的时候，你们都很自在，我很喜欢。"

小孩子的想法干净又纯粹，却让钟珥心里升起淡淡的奇异的感觉。

她也是这时才发现，她跟阮轻寒好像真的没了最初针锋相对的气氛，他不再像当初那样冷言冷语，面对她时偶尔会显露一些例外的温柔。

她蹲下身，与小宝平视："那你告诉姐姐，阮轻寒为什么会去参加学校的活动呢？"

这是今天一直萦绕在她心里的困惑，是时候求个结论了。

小宝偏着脑袋看她："我跟他说，别的小朋友都是父母一起去的，如果只有姐姐一个人那就太孤单了。"

"然后他就答应了？"

"对呀。"

"那你为什么要叫他哥哥，之前不都是叫叔叔吗？"

"哥哥说，如果叫他叔叔，你们就隔着辈分，不像家长出席了。"

这什么理由？

"那像什么？"

"像一个后爸带着继女去参加小儿子的活动。"

"……"

钟珥觉得自己小瞧了阮轻寒，瞎话说起来一套一套的。

06

周末很快到了，钟珥提前跟小宝父母约了个时间，送他回家。

小宝一路都很沉默，快到家的时候忽然抓住钟珥的衣角，小脸上写满了不舍："姐姐，以后我还可以来你家玩吗？"

尽管只相处了一个多星期，钟珥已经将小宝当成了半个弟弟，听完他的话，笑了笑："当然啦，只要你想来，随时都欢迎。"

小宝的父母要离婚是既定的事实，钟珥作为外人没法插手，只能希望原生家庭对这个小孩儿的影响能少一点。

送走小宝，钟珥回到家，面对着安静的房间，忽然有点不太适应。

习惯了有小宝在时的热闹，只剩下自己时，竟觉得空荡又寂寥。

电饭煲里还温着早上剩下的粥，她喝了一碗，坐在沙发上看电视。屏幕上放的是当下正热播的一部家庭剧，网上话题度很高，她耐着性子看了半天，只觉得主角的父母都太作了，加上背景音乐，听得人想睡觉。

她换了个舒服的坐姿，还真就这样睡过去了。

一觉睡醒窗外天都黑了，房间里乌漆墨黑的，她摸索着开了客厅灯，门外忽然响起敲门声。

门开，阮轻寒靠在门口，肩上搭着一条毛巾，垂眼看着钟珥。

"首先申明，我不是耍流氓。"他嗓音低沉，说明来意，"我家停水了，能不能借用一下你家浴室？"

借着走廊的光，钟珥瞅见他头发上还没洗净的泡沫，估计是洗到一半就没水了。

成为邻居后阮轻寒也帮过钟珥不少忙，她没理由拒绝，便往旁边一挪："进来吧。"

阮轻寒挑眉，似乎没想到她答应得这么干脆，顿了一秒，回头去拿洗浴用品。

钟珥刚睡醒没什么胃口，盯着冰箱里的食材看了半天，拿了一包螺蛳粉出来。

因为怕小孩儿不喜欢这个味道，她已经一个多星期没碰了。太久没尝，实在想念。

但她忘了浴室里还有个洁癖大佬。

阮轻寒洗完澡从浴室出来，就闻到客厅里弥漫着一股难以言喻的味道。他皱了皱鼻子，看到厨房里钟珥正在将一锅热乎乎的东西倒进碗里。

味道就是从那儿传出来的。

久违的螺蛳粉的香味让钟珥食指大动，没忍住直接在厨房吃了起来。嘴里刚咽下第二口，旁边有人靠近，她听到阮轻寒的声音："味道这么重也吃得下去，没必要这么惩罚自己吧？"

她回头，只见阮轻寒皱着眉，一脸嫌弃。

一看就是没吃过螺蛳粉的门外汉，只要好吃，味道重了点又有什么关系。

她撇撇嘴："味道这么重你还凑过来，不怕你衣服上沾味道？"

她不提醒还好，一提醒阮轻寒眉头皱得更紧了，扭头就去找排风扇的按钮。

隔了会儿，钟珥便听到客厅里传来的一句问："你家阳台灯坏了？"

阮轻寒分不清排风扇是哪个按钮，干脆全都按了一遍，然后发现阳台上的小灯忽闪忽闪，几秒后就彻底熄了。

钟珥含糊地应着："之前就一直闪来着，我买了新灯泡没来得及换。"

也不是来不及换，主要是阳台那天花板太高，家里没有梯子，她够不着。

玄关传来一道关门声，客厅恢复安静。

钟珥从厨房探出头，不见阮轻寒的踪影，估摸着他是被螺蛳粉的味道熏走了。

解决掉晚饭，客厅味道散得差不多了，钟珥也准备洗个澡。然而此刻门外又传来敲门声，阮轻寒不知道从哪儿搬来一架梯子。

"把你那灯泡找出来，我帮你换。"

钟珥虽摸不清他这闹的哪一出，但有人愿意上门修理，她也没理由拒绝。

去卧室拿出新灯泡，阮轻寒已经在阳台把梯子架好了。

阳台的地砖有几块没铺平，钟珥担心不稳，上前替他扶着梯子，又腾出一只手照明。

阮轻寒刚洗完澡，只穿了背心和裤衩，他微仰着头认真研究着天花板上的电灯构造。钟珥看不懂，视线只好漫无目的地四处晃悠。

从他的脸，游到他的脖颈。没了衣服的遮挡，钟珥能清楚地看到他脖颈上的刺青，像“阮”字的变形体，只是原本的双耳旁以耳朵的简笔画代替了。

谢为臣说，这个刺青跟他前女友有关。

可可说，他已经单身好几年了。

钟珥不明白，如果阮轻寒在她之后就没谈过恋爱，那是不是证明，这个刺青其实是跟她有关？

她心下微动，准备开口：“你脖子上……”

她刚开了个头，就被阮轻寒打断：“修好了，你去开灯试试。”

钟珥：“哦……”

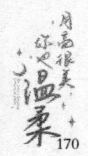

钟珥转身去开灯，昏暗的阳台瞬间亮堂起来，果然是修好了。

“还要我帮你扶着吗？”钟珥回去时，阮轻寒正从梯子上下来，他个子太高，原本是坐在梯顶上的，下来得换个方向。

梯子跟着他的动作一晃一晃的，偏偏他不在意：“没事。”

钟珥光看都觉得瘆得慌，正想上去搭把手，就见梯子忽然罢工般往一边倒，而阮轻寒身形摇晃即将摔下。

她伸出手想拉他一把，混乱中揪到了他身上的一块布料。也顾不得许多，直接用力一拽。

只听到闷哼一声，下一刻，阮轻寒抓住了她的手，连带着她也重心不稳，两人一并摔倒在地上。

“嘭！”

结实的一道响声后，预期的疼痛没有到来，钟珥睁开紧闭的眼，发现自己正被阮轻寒抱在怀里。

他眉头皱成一团，小心地将她护在身下。

刚才撞到的应该是他的后背。

钟珥想起身看看他的伤势，被他按住。

"别动。"他声音喑哑，带了点儿不可反驳的意味。

钟珥解释："你摔得不轻，我帮你看看。"

阮轻寒缓了缓气息，眸色深沉："你先松手。"

钟珥一愣，这才发现自己刚才抓到的布料是他的裤头。

手下触到的皮肤烫得灼人，她一动，碰到了个坚硬的东西。

阮轻寒倒吸一口气。

钟珥当即知道了那是什么，赶紧松手："阮阮阮……阮轻寒，你快放开我！"

太尴尬了，她脸色涨红，恨不得赶紧挖个坑把自己埋进去。

阮轻寒应声放开她，看着她惊慌失措地起身，站得离自己一米远。

灯光下，她的脸红得跟抹了腮红似的，双颊鼓鼓的。

他忍不住想逗她："你刚才不是碰到了吗？哪里软（阮）？"

钟珥瞪大眼睛，不敢相信这话是从阮轻寒嘴里吐出来的："阮轻寒，你说过不耍流氓的！"

阮轻寒笑了，表情忽然又变得痛苦："啧，背疼。"

钟珥去翻医药箱，隔着老远问他："能起来吗？"

阮轻寒看着自己面前的小帐篷，哪里还需问，已经起来了。

其实刚才梯子摇晃时他就选好地方落脚了，只是没想到钟珥会伸手，为了不让她扯下他的裤头，他只能带着她一起摔。

有地毯作缓冲，摔得并不严重。

看到她担心自己的样子他觉得愉悦，但也明白再演一会儿她可能就要生出愧疚了。

他只好缓缓起身："可以。"

钟珥又问："能走吗？"

阮轻寒走了几步："也可以。"

钟珥随手指向玄关："那你走到这儿来。"

阮轻寒依言走过去。

下一刻，钟珥拿着几瓶药塞到他怀里，他还没反应过来，就被推到门外了。

钟珥冲他做了个鬼脸："自己回去擦吧，流氓。"

紧接着，大门在他面前迅速合上。

阮轻寒抱着一堆药瓶杵在原地愣了几秒，哑然失笑，正准备转身回家，身后又响起开门声。

钟珥红着脸将一架梯子推出来。

"也谢谢你的梯子，别忘了带走。"

第七章

我想请你吃回头草，
你应是不应？

The moon is beautiful,
and you are gentle.

01

　　陆植山最近的行踪神出鬼没，不走户外的日子在轻行俱乐部绝对看不到他。

　　顾子尧整理完报告，瞥见他座位上没影，第八次去阮轻寒跟前提建议。

　　"你也管管植山哥，虽然他的车行重要，但也不能因此就忽略咱们轻行啊。"

　　顾子尧以为他是天秤一边倒，重心全堆车行去了。

　　阮轻寒眉梢微挑，指了指窗外："看到了什么？"

　　顾子尧顺着他手指方向看去，乖乖回答："高楼，天空，云和树。"

　　"还有呢？"

　　"人。"

　　阮轻寒不满意他的回答："没看到花？"

　　顾子尧近视，眯着眼看了半天，总算在窗外树丛间看到一朵白山茶："看到了。"

　　阮轻寒挑起嘴角，意有所指："花都开了，春天还远吗？"

　　顾子尧眨眨眼，明白了，继而撇了撇嘴："那也不能为了女朋友抛弃咱啊，我谈了这么多恋爱也没旷过一天工呢。"

　　阮轻寒轻飘飘一个眼神投过去："人家大南也勤恳工作着呢，

174

你怎么不跟他比？"

顾子尧"啧"了一声："跟他比还是我劳模啊，医院那位情况不稳，他这个月都休了四天假去看护了。"

"他那是情况特殊。"阮轻寒撩起眼皮安慰，"你身负重任，就多担待一点。"

顾子尧也只是倒倒苦水，倒完依旧埋头继续干。不过既然提到这个话题，他就忍不住想多句嘴："还没问呢，你和那个钟什么珥怎么样了？"

上次在酒店钟珥不告而别，顾子尧就笃定这段感情也就阮轻寒一头热，人家姑娘压根没把他放在心上呢。

阮轻寒乜斜他一眼："好好说话，人家叫钟珥。"

顾子尧敷衍着点头："知道了知道了，钟珥，中二的谐音嘛！这还没怎么样呢你就护着她，重色轻友在古代可是要被浸猪笼的。"

阮轻寒正色，语气难得柔和了一点："那什么，你经验这么丰富，帮我出个主意？"

"什么主意？"

"我今天要去她家吃饭，见父母的那种。关于这方面的礼仪，需要注意些什么？"

"我的天，你们这发展也太迅速了吧……"顾子尧咂舌，旋即露出揶揄的笑，"看来我之前小看你了嘛阮哥，只要有目标，你下手还挺快准狠的。"

阮轻寒拍了他一下："胡说什么呢。谈正事。"

"好好好，谈正事。"顾子尧正经不过一秒，"这方面要注意的也不多，得看你俩谁是主动的那方。所以，是她主动约你的吗？"

阮轻寒嘴角微勾："既不是我，也不是她。"

"那是谁？"

"她爸。"

"……"

钟珥下了班就往家里赶。

江美惠前一晚刚给她打了招呼，让她今天一定要回家一趟，问起原因，只说是有客人来。

言语间神神秘秘，让钟珥不由得生疑。难道钟家二老终于按捺不住，要给她安排相亲了？

其实，事情的发展跟她猜得也差不离。

上次的医闹事件让钟子续认识了阮轻寒，觉得这年轻人长得不错也有胆识跟魄力，便有心想把他跟自家闺女凑一凑。今天正好他调休，就将阮轻寒邀请到家里吃顿饭，顺便让江美惠把钟珥也叫回来见见面。

钟珥一进门看到阮轻寒端端正正坐在饭桌前，还以为自己走错地方了。

回头再三核对门牌号和户型后，总算确认这就是自己家。

她纳闷了："你怎么在这儿？"

阮轻寒挑眉："你爸叫我过来吃饭。"

钟珥不信："我爸压根不认识你。"

话音刚落，钟子续从卧室里拿出一瓶珍藏的红酒，见到她站得跟块铁板似的："愣着干吗，过来吃饭。"说完，又对阮轻寒介绍，"小阮，认识一下，这是我女儿，钟珥。"

钟珥："……"

阮轻寒微微一笑，极其礼貌："叔叔，我们认识。"

钟子续惊讶："认识？"

钟珥点头，先开口："我大学军训的教官就是他，前不久又成了邻居。"

倒是省略了中间的爱恨情仇。

钟子续反应过来："哦，就是当初那个你说很讨人厌的冰山教官？小阮看起来挺亲切啊，哪里讨厌了？"

钟珥当初被阮轻寒在太阳底下罚站差点中暑后，委屈地给父母打了电话，聊天内容除了哭诉不适应大学生活外，其他都是在吐槽阮轻寒的。没想到她爸居然记在了心上，这么多年还能拎出来鞭尸。

阮轻寒唇边浮起淡淡的笑："哦？讨人厌的冰山教官？"

她默了默，给自己辩解："那都是好几年前的事了……"

江美惠从厨房端出几盘硬菜，都是钟珥很久没吃过的拿手好菜，她立马寻了个位置坐下，就等着她妈把菜放到面前。没想到江美惠眼睛都没往她这儿看，直接将菜堆到阮轻寒面前。

"那小阮和我们家真是太有缘分了，照顾过小珥，又救了我们家老钟，真不知道怎么感谢你才好，阿姨会做的菜也不多，你多吃点啊。"

钟珥看着桌上丰富的菜肴，暗暗酸了一把。她平时回来桌上也就五个菜，阮轻寒来一趟居然翻了个倍，荤素搭配还有冷盘，这还叫不多？

　　然而她很快觉得不对劲："什么叫救了老钟，我爸怎么了？"

　　江美惠将钟子续遇到的医闹事件简单概括说给了她听。

　　钟珥听得愣怔，一种似曾相识的耳鸣感突袭了她。她勉强压住内心的波涛汹涌紧张地看向钟子续："爸，您没事吧？哪里有受伤吗？为什么都没告诉我？"

　　钟子续挥手叹气："就是怕你这样才没告诉你，我好好坐在这儿呢，你别丧着个脸。"

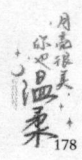

　　江美惠白他一眼："闺女担心你那不是应该的吗？要不是小阮救了你，我们还指不定得去哪里哭丧呢。"又看向钟珥，"别听你爸的，不告诉你是怕你担心，他也没伤着，那个家属正准备行凶的时候被小阮及时制住了。"

　　暂且不管在钟珥心里之前的阮轻寒是什么样的，反正今天的他身上会发光，头顶还有个闪瞎眼的天使光环。

　　她拿过钟子续旁边的红酒，给自己和阮轻寒各倒了一杯，一字一句十分真诚："谢谢你救了我爸，这杯我干了，你随意。"

　　阮轻寒之前见过的钟珥，要么是沉静内敛，要么恣意张扬，唯独今天的她，终于卸下了坚硬的铠甲，露出软肋。

　　她仰头一杯酒喝尽，鼻子微红，眼底还蒙着一层雾气。

餐桌上的氛围有点低气压，江美惠给两个年轻人夹了菜，转移话题，是问钟珥的："刚才你说跟小阮是邻居，看你们关系还不错，怎么都没见你提起过？"

钟珥抽抽鼻子，声音还哑着："您也没问啊！"

钟子续笑呵呵地看向阮轻寒："我们家小珥就是这样，不太愿意跟人沟通，但没什么心眼儿。听说你之前当过教官，是军人？"

阮轻寒坐得笔直，点头答："大学念的军校，毕业后去连队待过，后来受伤退役了。现在跟朋友开了一家户外俱乐部。"

受伤？钟子续皱了皱眉，刚想再问，就听到"啪"的一声，对面钟珥刚夹出的排骨掉回碟子里。

下一秒，她又迅速将菜夹回了碗里，但没吃，而是看向阮轻寒："受伤？伤着哪儿了？什么时候？"

跟阮轻寒重逢到现在也有一段时间了，钟珥突然发现自己对他的了解还太少。

不知道他在部队待得好好的为什么退役，也不知道他原来还受过伤。

阮轻寒神色微收，似乎想起了什么，抬眸与她对视，那双黑曜石般的眼睛蕴含着不知名的某种情绪。

钟子续察觉到两人之间不同寻常的火花，轻声咳嗽打破这种微妙气氛："都已经过去了，你问这么多做什么？"

钟珥抿紧了嘴角，下颌紧绷。

钟子续不会明白，这件事对她来说并没有过去。她想知道，在

 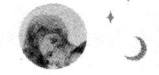

她大学那段黑暗低迷的日子里，之所以联系不上阮轻寒，是不是和他受伤有关。

她目光紧紧地盯着他，想要得到一个答案。

阮轻寒无奈地笑了，语气一如寻常："也没什么大不了的。不过是当时部队搞军事演习的时候，胳膊受了伤。"他眼眸微暗，自嘲，"说起来还发生了件有点意外的事。那几天一直待在医院，没法自由活动，手机也不在身边。等后来拿到手机，却发现当时的女朋友已经单方面跟我分手了。"

钟珥心口一震。

阮轻寒又云淡风轻地补充了一句："不过就像钟叔说的那样，都已经过去了。"

02

钟家二老敏锐地察觉到，自从阮轻寒说了他受伤的事后，钟珥就表现得格外殷勤，一顿饭下来，已经问了五遍要不要给他添饭了。

虽然钟子续的确想撮合这两人，但也不希望自家闺女表现得太主动，他无数次用眼神制止："他又不是没有手，用得着你添吗？"

统统被钟珥无视："他的手受过伤。"

钟子续恨铁不成钢："都多久以前的事了，人家小阮哪有这么娇气？"

八字还没一撇呢，他已经有种嫁出去的女儿泼出去的水的感觉了。不过阮轻寒今天表现得也算恰当，张弛有度，饭后还陪他下了两盘棋。

钟子续平时工作都是绷紧神经，只有下棋才会让他觉得放松，可惜之前的棋友都搬走了，一个人自娱自乐这么久，难得遇到一个愿意陪他下的阮轻寒，没忍住对弈久了点儿。

等回过神来，天已经黑透了。

钟珥明天要上班，也不在家住，两人正好顺路，就一并离开。

湛蓝的天幕铺满星子，一弯月牙挂在繁星之间。

墨黑色的车在高架上疾驰，沉默许久的车子里，两人都各怀心事。

钟珥按下车窗，微凉夜风吹得头发糊得一脸，她一把捞到脑后，手不注意磕到头顶的把手，疼得"嘶"了一声。

阮轻寒握着方向盘，回头看她一眼："磕到了？"

钟珥垂着眼："嗯。"

"揉一下。"

"嗯。"

话音落下，寂静继续蔓延。

隔了会儿，阮轻寒听到旁边瓮声瓮气地喊他："阮轻寒。"

"怎么了？"

"对不起。"没头没脑的一句道歉。

红灯，阮轻寒踩下刹车，侧目望见她两颊晶莹的水渍，眼睛有点红。

他有些恍惚，距离上次见她哭，是多久以前的事了？

大学时候的钟珥从来都是活力又元气的，她可以因为裹着石膏被同学嘲笑瘸子而跟对方红着脸互骂，也能在转身看到阮轻寒时瞬间换成狗腿笑脸打招呼。

她有时记仇，骂不过别人就使些小伎俩让人家摔个跟头。有时也讨厌，军训晚上拉歌环节总爱起哄让阮轻寒唱歌。有时也格外有毅力，在放狠话要追他后，就真的雷打不动每天去隔壁军校门口晃悠。

在阮轻寒的印象里，仅有几次见她哭，要么是电影看到动情处，要么是大姨妈疼出来的。

唯一一次真情实感，是阮轻寒毕业要被派去隔壁市的连队，两人从异校恋变成异地恋的时候。

那天的夜色比今晚更纯粹一点，月亮是圆的，学校后街的美食街热闹非凡，两人坐在串串店里。

钟珥的面前放了一整盘煮好的串串，晾凉了，她却一根都没吃，以往总是挂着明艳笑容的嘴角下垂着，沉默好一会儿才说："不能不去吗？"

阮轻寒摇头："不行。"

年轻人对爱情总是满怀憧憬，有时候不需要什么浪漫，只要面对面坐着，能触碰到对方，有真实的温度，简单的陪伴就已足够。

异地恋显然无法满足这一点，因为隔着屏幕和电话线的爱情，既没有温度，也无法让人安心。

钟珥耷拉着脸："那我以后就只能在手机上见到你了。不能拉着你的手，不能抱你，也不能亲你……"

她说得太直白，阮轻寒不自然地打断："有假期的时候，可以回来的。"

"那和天天见面还是不一样。"

"你也可以抓紧学习。"

"那你要答应我，保护好自己，不能受伤，不能喜欢上别人。"

阮轻寒嘴角一抽："部队里都是男的，我能喜欢谁去？"

"我不管。"钟珥哼了一声，冲他展开双臂，"最后，抱一下吧。"

那时盛夏，阮轻寒穿着一件短 T，钟珥的脸埋在他的胸口，泪水浸湿了一大片。

她哭得一塌糊涂，店里其他客人目光都看了过来，阮轻寒用身体遮住大家的视线。

等她哭够了，他就替她擦干净眼泪，给她嘴里塞了颗糖。

甜甜的味道在嘴里蔓延开，钟珥眨了眨眼，不明其意。

阮轻寒本意是想让她转移注意力，便随口诌了个理由："糖和眼泪是可以相互抵消的，以后我不在，想哭的时候就吃一颗糖，甜味在肚子里散开，你就不会觉得难过了。"

钟珥抬起脸，鼻头红红的，眼睛还湿润着，刘海全被压到一侧，露出光洁的额头。

"真的吗？"

声音暗哑带了点鼻音，表情可怜兮兮的。阮轻寒没忍住，喉结一滚，低头吻上她的唇。

一句"真的"融化在两人的唇齿间。

......

收回神，阮轻寒摸了摸口袋，掏出一颗大白兔。

他很久没有买糖的习惯了，这还是上次小宝偷偷塞给他的。

他递过去："吃糖吗？"

钟珥接过，却没拆开，她头靠在车窗旁，望着夜空。

"你当时看到我给你发的分手短信，是不是觉得我挺残忍的？"

下了高架，阮轻寒将车停在路边，从怀里掏出烟盒，顿了顿，又收回去。

钟珥眼尖地瞥到，想起当初两人谈恋爱的时候阮轻寒还不会抽烟，不知道这几年经历了什么，要靠抽烟来解闷。忽然又记起先前几次也看到过他抽烟，但每次她一出现，他就把烟灭掉了。

他似乎很介意在她面前抽烟。

"刚看到的时候觉得有一点，后来……"阮轻寒回答，靠上椅背，"大概能明白你的心情。"

异地恋就像网恋，需要靠不断联系来维持感情，而他那几年几乎只能腾出午休和晚上睡觉前的时间跟她聊天。一旦要出任务，几天联系不上都是有可能的。

感情里最基本的安全感，他都给不了她。

钟珥垂下眼："你记不记得，我跟你说过的，我很尊敬的那位林见安教授？"

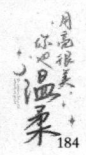

184

林见安教授在青城医学院很有名气，四十多岁留学归国，她的性情温和，教学方式也轻松幽默，总能将学生们最感兴趣的时下热点结合进去，轮到她的解剖学课程从来都是座无虚席。

钟珥原本觉得解剖学很重口味，但在林教授的引导下，她也慢慢喜欢上了这门课，还一度把教授当成自己的职业目标。

林教授除了在青城医学院任职，也在医学院附属医院做科室主任。钟珥觉得林教授跟她爸很像，都是把自己全身心奉献给了医学事业。

"我那时候觉得，在林教授的影响下，说不定我会爱上医生这个职业。"

钟珥轻轻说着，眼眸暗了下去。

"大四那年，林教授所在科室有个病人刚做完手术，其实只要遵听医嘱是有望痊愈的，但病人犯了酒瘾，偷偷托家属给他带酒，后来，病情恶化，回天乏术。

"病人家属觉得是医生的问题，要起诉做手术的医生，那段时间几乎是天天去医院闹。教授看不下去，想过去劝解，被其中一个情绪激动的家属捅了好几刀。

"那天我们去医院做临床实习，我就站在教授旁边，看着她倒在血泊里……"

她的声音哽咽，脑海里又浮现当时的场景。

阮轻寒握住她的手："别说了。"

钟珥摇头："那段时间，我一直在怀疑我学医的意义。医生的天职是救死扶伤，医生不能对病人设防，可要是有天我拼尽全力救下的病人反过来捅我一刀，我该怎么办？

　　"我爸一直希望我也能跟随他的脚步当个医生，所以我的烦恼没办法告诉他。那时候，我想到的唯一一个可以倾泻苦闷的人，只有你。"

　　她顿了顿："但是你不在。发消息没回，电话也不接。我那时候想，如果在我难过痛苦的时候你都没法出现，那我跟你谈恋爱，到底是在谈什么？

　　"所以我一气之下，跟你提出了分手。"

　　她那时候因为林教授的医闹事件整晚睡不好觉，头发大把大把地掉。情绪无法宣泄，只好把联系不上的阮轻寒当作出气筒。

　　她不知道在她烦心的时候，他也因为受伤躺在医院里。

　　阮轻寒沉默了半晌，道："我没有怪你。"

　　钟珥咬了咬唇："但我怪过你。"

　　阮轻寒莞尔，揉了揉她的头发："你已经说过对不起了。"

　　钟珥清亮的眸子有些湿润，像清晨未散的浓雾，此刻直直对上他的眼睛。

　　她的左手被他的右手拢住，手背传来温热的触感，她想起了什么："你那时候，伤到的是哪条胳膊？"

　　阮轻寒摇头："已经没事了。"

　　"会有什么后遗症吗？比如使不上力，会痛什么的。"

　　"没有，恢复得很好。"

　　他今天的着装很正式，头发梳得一丝不苟，身上穿的西装亦是熨烫平整，她也不好意思说什么要撸掉他袖子看伤口之类的胡话。

狭小的车里空间，一安静下来就只能听到彼此的呼吸声，车窗隔绝掉了路边的喧嚣，钟珥捏着衣角，没由来地有些紧张。

并不是第一次坐阮轻寒的车，也不是第一次坐在副驾驶，只是一想到她曾对他说过副驾驶是他媳妇的专座这句话，就觉得如坐针毡。当时以为他结婚，说这句话是在提醒自己，可是现下明白他是单身，心境就有点不同了。

尤其是她的手还被他握着，就更……心跳加速了。

她不敢看他，视线只好胡乱看向窗外，随口打破寂静："我今天回去的时候看到你还挺惊讶的，但你好像一点也不意外我会在那儿。"

那时候进门看到他时，他的表情像是早料到她会出现。

阮轻寒点头："你没来之前，钟叔跟我提过他的女儿。"

钟珥微愣："我爸？怎么说的？"

阮轻寒看向她："说你早年还挺乖的，大学那几年越学越叛逆了。给你选了康庄大道你不要，偏偏要走看不到前路的小径。"

钟珥低下头："这我知道，因为我没进医院他现在还生气呢。"

也因此，林教授那件事她一直没跟钟子续提。

阮轻寒颔首："不过我之所以知道是你，还是因为他给我看了照片。"

阮轻寒去钟家前特意向顾子尧取了取经，比如要买什么见面礼、说话时应该把握哪种分寸、言谈举止有哪些禁忌……等他做足了准备过去，却发现钟家二老并不拘泥于这些形式，反而意外地很好说话。

不过主题也很明确，钟子续跟他聊的话题总是有意无意围绕着感情线这块，要么是感叹时下网上正在热议的单身一族，要么是打探他喜欢的女生的类型，然后乘机给自家闺女卖个"安利"。为了加深印象，又带着他去书房看钟珥那厚厚一本相册。

那些都是他从未见到过的钟珥。

小学的她还有婴儿肥，笑起来脸上漾起两个小酒窝。

初中的她又瘦又矮，小身板总喜欢穿着宽大的短 T。

高中的她青涩干净，却很爱对着镜头装深沉，十张照片有八张都是面无表情，就差没在脸上写"我不高兴"几个字了。

那一张张，娇俏可爱，也古灵精怪。

但这些照片对钟珥来说是不愿意回顾的黑历史，她大学毕业那年搬家从犄角旮旯里翻出这本相册时想扔掉，没想到半道被江美惠截住收回去了，还念叨她不知道珍惜，照片里都是青春哪能说扔就扔。在钟珥的注视下，江美惠把相册妥帖收进了书房的书架上，跟钟子续收藏的那一摞医学著作放在了一块。

她当时觉得放在书房里应该也没人会看到，不想几年后钟子续居然拿给阮轻寒看了。

她郁闷极了，表情皱得跟个包子似的："我爸可真是出卖闺女的一把好手，那些照片傻了吧唧也给你看，真不怕把你吓走。"

她气呼呼的样子格外生动，贝齿咬着唇瓣，脸上透出些许稚气。

阮轻寒笑意更深，没忍住捏了捏她的脸："不傻啊，挺可爱的。"说完，再补充一句，"我很喜欢。"

他的手还捏着钟珥的脸，钟珥本想打下来，听到他后面这句默了默，缓缓收回手。

他刚才说的喜欢，是她认为的那种喜欢吗？

一股酸胀的感觉充斥在胸口，心跳陡然加速，让她要喘不过气来。

空气中浮动着奇怪的暧昧的气息，阮轻寒这才发觉两人的姿势有些亲密，隔着一拳距离，钟珥目光灼灼看着他，她的脸上染着淡淡的粉色，手下的肌肤细腻微烫，让他心头一动。

一阵热意从小腹直涌上喉间，阮轻寒原本就漆黑的眼更暗了几分，里头蕴着深不见底的欲望。

他手扣到她的脑后，嗓音沙哑："钟珥。"

两人距离很近，呼吸咫尺之间。

钟珥轻哼了声，闭上眼睛。

她的嘴唇微微翕动，红润诱人，从钟家离开前，阮轻寒看到她去洗漱台补了个妆。

他有点想尝尝，她唇上口红是什么味道。

他抬起她的下巴，亲了过去。

……

然而没等亲到，储物盒里的手机就响起了。

车里旖旎的氛围被打破，钟珥睁开眼，正好跟阮轻寒对视上，他黑着脸改为揉了揉她的头，回身去接电话。

03

阮轻寒把钟珥送到小区门口就走了，他俱乐部临时有事需要过去一趟。

钟珥目送他离开，脸上还残留着刚才的燥热，心口的悸动也未消退。

她摸了摸嘴唇，差一点就亲上了呢……

简单洗漱后，钟珥躺在床上，翻来覆去睡不着，脑海里一直回荡着阮轻寒那句话。

"一点都不傻，我很喜欢。"

……

她感觉自己快要魔怔了，拍了拍脸颊，提醒自己："不就是个男人吗，天天都能见着，有什么好惦记的？"但脸上还是不可抑制地笑成一朵花儿。

"但这个男人就是该死的迷人啊……"

如果说之前钟珥只是察觉自己对他还抱有感情，那今天发生的事，就让她清楚地明白阮轻寒也没完全忘了自己。

这样看来，他脖子上那个刺青十有八九也是跟她有关吧？

今晚注定是个不眠夜。

第二天，钟珥顶着硕大的两个黑眼圈去上班了。刚走进鉴定中心，就看到前台堆了一束玫瑰。

阿宁颇为苦恼地站在玫瑰前，一副束手无策的样子。

她走上前："这花真好看，谁送的？"

阿宁无奈又无辜："上次那个冤大头，最近天天往我这儿送花，怎么劝都不听。"

钟珥一听就明白了："喜欢你呢？"

阿宁刚结束上段恋情，情伤还没愈合，正心烦着："可是我对他没感觉啊。"

"那就拒绝吧。"

"没用，可死心眼呢，非说喜欢我是他的事。"

钟珥想了想，给建议："不想给希望那就拉黑吧，如果再找你就报警处理好了。"

没等阿宁回答，钟珥先去更衣室换衣服了，她今天的鉴材有点多，估计一整天都会待在实验室里。

在更衣室门口正撞上换好衣服出来的孟妍，孟妍看到她，笑着调侃了句："年纪轻轻天天顶着个熊猫眼，过两年可是会被抓去动物园当国宝的。"

钟珥摸了摸眼睛："这么明显吗？"她今天出门前还特意用粉底遮了遮的。

"开个玩笑。"孟妍拍了拍她肩膀，"看你最近心情都不错，谈恋爱了？"

"恋爱？"这话一出，钟珥脑海里顿时浮现出阮轻寒的影子，心里一软，脸上飘起一抹红，支支吾吾道，"八字还没一撇呢……"

没有否认那就是有苗头了，孟妍投去意味深长的一眼，摇头叹息："可惜了，原本还想让你成为我的侄媳妇儿，看来我家池遇是没这个福分了。"

说起池遇，钟珥已经很久没有见过他，不过想起先前在路蒙山时他对张萌的态度，不得不感叹一句，感情这事真的挺玄乎的。

世界上两情相悦的人终究是少数，多少人在感情中只能扮演一厢情愿的角色，付出再多努力也没法得到对方的一个回眸。

池遇是，张萌也是。

她扯了扯唇，安慰道："他会遇到一个适合他的人的。"

孟妍笑了笑："但愿吧。"

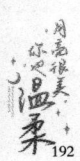

忙完已经是晚上，所里的同事走得差不多了，钟珥跟值班的同事打完招呼，也收拾好东西准备回家。

到了楼下小区，她想起家里没牛奶了，便钻进门口的超市。

一个人住的时候就容易犯懒，她买完牛奶又顺手拿了一些速冻食品和零食，挑的时候不觉得多，买完单才发现自己有点过分。一箱牛奶就够重了，还有一袋撑得鼓鼓的速食。

好不容易把东西提到楼下垃圾桶旁边，已经耗去了一半力气。

她也不着急，从袋子里取了一包饼干，决定先补充点儿能量。包装袋随手往身后垃圾桶丢，就听到一道声音提醒："零食包装袋是可回收垃圾。"

手上东西一空，她抬眼，看到阮轻寒将她刚才正准备扔的包装袋丢进了蓝色垃圾桶。

小区里前段时间响应国家号召，开始实行起了垃圾分类，钟珏总记不住那些垃圾该怎么分，好不容易想偷个懒，还被阮轻寒抓了现行。

阮轻寒也是刚下班，进小区远远便看到垃圾桶边蹲了个人影，身边堆了几袋东西，他还以为是捡垃圾的，走近一看才发现是钟珏。

她嘴里刚塞了一块饼干，说不出话，双颊鼓鼓地瞪着他，像只偷食的仓鼠。

路灯很亮，映在她的眼里，比星星还要好看。

钟珏心情也挺复杂，她现在一面对阮轻寒心跳就不由自主地加速，活像个情窦初开的懵懂少女。这种感觉太奇怪了。

阮轻寒眉梢微挑，垂眼看她："饼干好吃吗？"

钟珏没法回答，只能点点头。

"我怎么记得之前有人说过，垃圾食品要少吃，甜食吃多了还会得蛀牙。"

钟珏正费劲将嘴里的东西咽下，听到他说的这句话差点没喷出来，真是别的没学会，以牙还牙这招用得挺溜。

"我说的是小宝，那是小朋友不能多吃。"

阮轻寒伸手拉她起来："你和小朋友有区别吗？"

钟珏微愣，他这是在变相夸她显小吗？

没来得及害羞，他又补充了句："除了年纪大了点儿。"

"……"好气哦！

能量补充完毕，她起身拎着东西就走，身后阮轻寒叫她："不用我帮你？"

她恨恨地拒绝："不用！"

说不用就不用，她自顾自提着东西进电梯出电梯，眼神都没再给阮轻寒一个。

回到家，钟珥把东西都放进冰箱，准备煮几个速冻饺子当晚餐，厨房水刚烧开，她就接到了阿宁的电话。

阿宁被她那位冤大头纠缠得烦不胜烦，报了个警，两人一块儿进所里了。

钟珥没想到阿宁这么快就把自己的建议付诸行动了，问了地址，离自家小区倒是不远。

于是她丢下一句："等会儿，我过去接你。"饺子也不煮了，随手拿了件外套披上就要出门。

阮轻寒刚接完陆植山的电话也要下楼，在电梯口看到她，帮她拦了下电梯门。

钟珥记仇，想到刚才他说的那句话，眼神都没给他一个。她出门时随手拿了袋浪味仙，进电梯后就旁若无人地吃起来。

清脆的咀嚼声在安静的空间里格外清晰，阮轻寒耳朵微动，他也没吃晚饭，被这声音勾得咽了咽口水。

钟珥离得不远，听到了。

她暗笑，随手捏了一片薯卷递到他嘴边："味道还不错，尝尝？"

她的语气云淡风轻，仿佛是随口一问，阮轻寒便也不做他想，尝尝就尝尝。

等他将薯卷咬进嘴里，钟珥面上浮现一丝狡黠的笑，慢悠悠道："这玩意儿也是垃圾食品哦，你吃这个，和小朋友有区别吗？"补充一句，"除了长得老了点儿。"

本以为至少能让阮轻寒语噎一下，没想到她话音落下，阮轻寒却勾了勾唇，一句戳穿："以牙还牙？"

他身形凑近，嘴唇就靠在她耳边，吐出的气扑在她耳侧："如果你喜欢，我不介意配合你。"

钟珥耳尖发烫，抬眸看他，怎么感觉自己又被调戏了？

出了电梯门，两人都往小区门口走，钟珥扭头看阮轻寒时，对方也正好看过来。

"你要去哪儿？"

"你要出去？"

彼此先是一愣，又点点头，异口同声地答：

"派出所。"

"派出所。"

04

钟珥去派出所是接阿宁，阮轻寒去派出所则是接陆植山。

钟珥好奇："陆植山怎么进去的？"

阮轻寒回想起刚才电话里的幽怨吐槽，没忍住一笑："追姑娘。"

同一时间去接人，还在同一个派出所。

联系到阿宁最近的遭遇，钟珥眼皮一跳，幽幽地提出猜测："我怎么感觉，他俩好像是一个案子……"

事实证明钟珥的直觉真的挺准，她的猜测很快就得到了印证。

到派出所时阿宁刚做好笔录，陆植山跟她隔了三个座位，正和警察小哥据理力争。

"警察同志，我、我真的只是觉得这姑娘有意思，想追她而已。"

"追她用得着拉拉扯扯吗？"

"这你可冤枉我了。她要过马路的时候绿灯变红，我不得把她拉回来吗？"

"但你把人家姑娘吓得不轻。看看道个歉，能不能私了。"

……

听了半天，钟珥算是捋清了故事的发展剧情。

阿宁下班路上遇到陆植山，对方想请她吃饭，被她拒绝了。她急着过马路，但没想到绿灯突然变红，陆植山赶紧把她拉回来，她以为对方是不肯放弃，正好这时路边有个巡警看到过来问情况，她就干脆报了警。

于是有了现在这一出。

警察嘴里"吓得不轻"的阿宁正盘腿坐在椅子上刷微博，钟珥走近了还能听到她嘴里哼着歌，兴致之高，仿佛被骚扰进局子里的人不是她。对比隔壁灰头土脸被警察训的陆植山，钟珥怀疑两人的身份是不是对调了。

阿宁抬眼看到钟珥，笑嘻嘻地招呼了声："钟珥姐，这儿。"

钟珥走近，被她拉到身边坐下："不好意思给你添麻烦啦，这件事我不想被家里人知道，正好这地方离你家也近，所以就给你打了电话，应该没有打扰到你吧？"

阿宁平时在工作之外很少会找钟珥，这也是为什么这次接完电话钟珥会选择过来的原因。麻烦倒是不麻烦，只是她有点意外，阿宁的表现跟她想象中的有点不一样，但该问的还是要问："没事吧？有觉得哪儿不舒服吗？"

阿宁摇摇头："没，就是觉得这冤大头有点烦人，报警也算是警告他以后要离我远点儿。"

钟珥当年因为跟阮轻寒的关系没少和陆植山打交道，在她眼中这就是个爱憎分明的纯直男，军训期间也没少被女学生追过，当时他还觉得这些女生是不务正业，总是苦口婆心劝人家回头是岸。

古话说得好，天道好还，苍天饶过谁？

当年嫌人家不务正业的男人，自己如今也被当成了麻烦。

阿宁视线一转，看到陆植山旁边正在和警察说话的男人，微微一愣："那个人，不是阮先生吗？"

阿宁跟阮轻寒也就之前在鉴定中心见过两面，因为那时对钟珥和他的关系有些好奇，印象也就深刻了点儿。现下看到，很快便认了出来。

"他怎么会在这儿？看样子跟冤大头好像认识？"

钟珥顺着她的目光看过去，阮轻寒已经跟警察解开误会，正带着陆植山往她们这走过来。两人视线对上，又很自然地移开。

"他俩以前是同学。"

陆植山跟阮轻寒是同学，阮轻寒跟钟珥也认识，有了这一层层关系，陆植山的道歉，阿宁也没好意思拒绝，两人就此和解。

离开派出所后天已经黑得彻底，几人都没吃晚饭，索性一块儿去了饭馆。

钟珥还是第一次发现一个人脸色能变得这么快，陆植山面对阿宁是春风和煦，转头看她就是雷电轰鸣，一张脸黑得像她欠了他百八十万一样。

钟珥能感觉到，他讨厌她。

她自问跟他也没什么仇，两人共同的交集就是阮轻寒，如果他是因为阮轻寒讨厌她，她能想到的也就当初分手那件事。

那时阮轻寒受伤，而她正好提了分手，以旁观者的角度来看的确容易误会。

她倒是不在意，饿了一晚上，现在只想填饱肚子，也懒得在意对面的目光了。

于是陆植山看着她没心没肺大快朵颐的样子，表情更黑了。

他认识阮轻寒这么多年，虽然知道阮轻寒在感情方面挺专情，但也没想到一个钟珥就能让阮轻寒惦记好多年。

他想起派出所里阮轻寒看向钟珥的目光，深情又温柔，那是这几年阮轻寒从未在其他女人面前出现过的。尽管之前他一直吐槽钟珥有多寡情薄意，在那一刻，他不得不承认，能把阮轻寒这朵高岭之花吊得死死的，这姑娘也真是有本事。

他尊重哥们儿的想法，但也要替哥们儿报个小仇。

目光触到隔壁桌的酒瓶子，他计上心来，低头给顾子尧发了个微信。

陆植山："之前我跟你说过的轻寒那前女友，你还记得吧？"

顾子尧此刻正在酒吧里，灯红酒绿音乐震天响，他跟一个妙龄女孩正打得火热，忽然裤兜里的手机一振动。掏出手机看到陆植山的消息时，他眼皮跳了跳。

完了，因为陆植山讨厌钟珥，顾子尧一直没跟他说阮轻寒跟钟珥复合的事，这下他突然问起，铁定是发现了什么。

以他这破脾气，说不定会和护短的阮轻寒怼起来。

也顾不得身边的红颜，顾子尧找了个僻静的角落，一字一句地回："记得，咋了？"

陆植山的消息很快发过来："我和轻寒跟她正在一饭馆吃饭，不知道她有什么魔力能让轻寒对她死心塌地，等会儿你打电话把轻寒支开，我要跟她叙叙旧。"

顾子尧："怎么叙？"

陆植山："还能怎么叙，这么多年没见，必须是不醉不归啊。反正你只管支开轻寒就行，要是他生气了算我头上。"

顾子尧："可以是可以，不过那歹也是个女孩子，你也别灌太狠。"

陆植山："放心，我有数。"

发完消息没一会儿，阮轻寒的手机就响了，不知道顾子尧找旳什么借口，他挂完电话留下一句"待会儿回来"就离开了。

计划按部就班地进行，看着阮轻寒消失在门口的身影，陆植山笑眯眯地转身冲老板要了一箱啤酒。

阮轻寒这一离开，再回来已经是一个小时后。

饭馆里客人寥寥，最显眼的三人桌上堆满了空酒瓶，陆植山脸已经红成猴屁股，他还在举着空杯子想跟钟珥干杯："来……喝，再喝一杯。"

钟珥没接，摇了摇头："陆教官，你喝醉了。"

阮轻寒走过去，闻到浓浓的酒味："怎么了？"

阿宁在旁边围观直看得目瞪口呆："你走之后陆先生叫了一箱酒，说是跟钟珥姐好久不见，要和她叙叙旧。"

阮轻寒按了按眉心，用脚趾想都知道陆植山估计是打算把钟珥灌倒，结果没料到他都喝趴了钟珥还坐得规规矩矩，脸上一点酒醉的痕迹都没有。

他又问："钟珥喝了多少？"

阿宁掰着手指数了数，感叹："应该有七瓶吧。我都看呆了，她酒量真的超好，一点没醉！"

阮轻寒："……"

酒量好是喝这么多酒的理由吗？

送走了阿宁，阮轻寒就近给陆植山找了个酒店住下，怕他半夜哪儿不舒服，又叮嘱值夜班的服务生照看着点儿。

钟珥在门口等着，阮轻寒出去时她正蹲在路边，对着来往的车流发呆。

她身上散发着淡淡的酒气，风一吹飘到他的鼻尖，不似陆植山身上那种纯酒味，还夹杂了一点别的清冽香气。说不出是什么，但也并不讨厌。

他走近："还不走吗？"

钟珥听到声音，站起来，回头看到他笑了笑："走啊。"

夜色正浓，街上车流不息，两人走在人行道上，钟珥走在里侧。她步子稳，看起来神色如常，要不是阿宁说她喝了七瓶酒，阮轻寒都要以为她杯酒都没沾了。

但很快，钟珥的步子就慢下来了，落了阮轻寒好长一段距离，站在路灯下左顾右盼了一会儿，一屁股坐在地上。

阮轻寒没听到身边的脚步声，扭头看过去，发现钟珥正坐在不远处的地上，全神贯注地望着地面。

他走过去："怎么了？"

钟珥头也没抬地摆手："我迷路了，正在看地图呢。"

她望着的那块地上什么都没有，阮轻寒啼笑皆非："地图？"

钟珥抓了抓头发，皱着眉站起身："这地图怎么跟无字天书一样，看都看不懂，到底是走哪条路啊？"

见她像热锅上的蚂蚁原地转个不停，阮轻寒直接一把拉住了她的手："你要去哪儿？"

钟珥目光迷蒙，看了看他拽着她的那只手，又抬眸看着他，委屈巴巴："我跟小公子约好了去赏荷花，但是迷路了。"

小公子？赏荷花？

阮轻寒眼皮一撩，隐约觉得哪里不对，抬手碰了下她的脸，有点烫。

没有生病也没发烧，以她目前的状态来看，只有一种解释——喝醉了。

他刚才还在纳闷钟珥的酒量未免太好了，七瓶啤酒下去一点事没有。现在想来，她酒量也就一般，只是因为喝酒不上脸，别人轻易发现不了。

有些人喝酒是喝酒，钟珥喝酒仿佛是解开了封印，一会儿是个含羞待放的小家碧玉，一会儿又变成匪气十足的山寨头子。这时候她有着清醒时绝对没有的大胆，比如，敢冲阮轻寒十足轻佻地吹口哨："呀，好俊俏的小哥，请问婚否？打算脱单吗？"

阮轻寒淡定的表情顿时裂开一道缝隙，他皱了皱眉，低声问："你知道你在说什么吗？"

钟珥恍若未闻，笑嘻嘻地又走近一步："我乃知隐寨子里刚上任的新寨主，'后位'正空虚呢，你要不要来填补一下？"

且不论知隐寨是什么地方，后位又是什么玩意儿，阮轻寒看着眼前除了动嘴也不忘伸手在他腰上揩油的女人，舌尖抵住上颚，按住她不安分的手："我倒是想答应，但怕你酒醒了后悔。"

钟珥两只手都被扣住也没挣扎，只是身形摇摇晃晃地靠向阮轻寒，下巴抵在他胸口，仰着脸，拿腔拿调地学着电视里小痞子调戏良家少女的话："怎么会呢？做我钟爷的男人，只要你乖，给你买条街。"

她仰着脸，眼睛眨呀眨，嘴唇微微嘟起，仿佛在索吻。

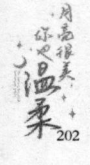

温香软玉在怀，阮轻寒心神微动，旋即意识到酒醉状态的钟珥压根不认识他。

她之前也这样喝醉过吗？逮着个好看的小哥哥就调戏？

钟珥嘴嘬了半天头顶这人也没反应，她不耐烦地扯住对方的衣领："嫁不嫁，一句话。"

眼前身影交叠，唯有那双眸子紧紧锁着她，半晌没听着声儿，她眯了眯眼："你不说话，我就亲你了。"说着也不等对方反应，她踮起脚，嘴唇贴了过去。

两人有着绝对的身高差，阮轻寒当下将头微微一偏，猝不及防，那一吻直接亲上了他的脖颈。

湿软的唇烙在皮肤上，带着浅浅的呼吸，心口一窒，阮轻寒喉结动了动，眼眸变暗。

似乎和印象中的嘴唇触感不一样，温度更热，还有清晰的心跳声，钟珥咂咂嘴，忽然张嘴咬了一下。

"嘶！"

脖颈上传来的痛感让阮轻寒意识恢复清醒，他刚想推开始作俑者，就听到怀中的人近乎呓语："阮轻寒，好想你啊……"

不复刚才的活蹦乱跳，钟珥脑袋一歪，已经醉成了一摊烂泥。

他微愣，轻轻叹气。

没办法，只好打横抱起，将她带回了家。

将钟珥安置在床上，他去打了盆水，用湿毛巾给她擦脸。

天气虽渐渐冷下来，但钟珥因为喝多了酒，浑身都在冒热气，额头还沁着微汗。阮轻寒给她擦完脸又擦手，目光又落到她敞开两颗扣子的衣领上，那是钟珥觉得热自己解开的。

透过衣领能清晰地看到她的锁骨和小片洁白的肌肤，胸口因呼吸缓慢起伏着，阮轻寒看得嗓子眼冒火。

刚才钟珥嘴唇贴在他脖子上的触感在这一刻复苏，某种难以名状的冲动自心头蔓延到四肢百骸，他黑眸沉沉，替她扣上了衣领。转身离开。

几分钟后，浴室里传出了水声。

05

宿醉的结果是第二天醒来时，钟珥头疼得快要爆炸了。

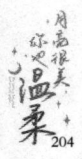

她按着突突的太阳穴坐起身，看到面前的场景愣了一瞬，陌生的房间，跟她家风格完全不同的陈设。

这是哪儿？

钟珥虽然经常喝酒，但因为没喝醉过也就对自己的酒量没个估数，更不清楚自己喝醉后的品行怎么样。对昨晚的记忆也断断续续，只记得把陆植山喝趴后是阮轻寒带她离开的，再后来就没印象了。梦里那些碎片，也不知道哪些是真实，哪些是虚幻。

如果是阮轻寒带她离开的，那么这多半就是他家了。

床头放了杯蜂蜜水，钟珥拿起来边喝边往外走。

虽然两人已经做了一段时间的邻居，但钟珥还是第一次来阮轻寒家。讲道理，要不是因为他每天会回来，钟珥都要以为这地方没人住了。陈设实在是简洁，除了必要的家具和给王权富贵安置的猫窝和玩具，没有多余的东西，而沙发茶几这种容易堆积杂物的地方也是干净得令人发指，一点烟火气都没有。

她拿着喝光的玻璃杯出去时，阮轻寒正好晨跑回来。他的运动服已经被汗打湿，额头绑了条发带，整个人看上去精神奕奕。

"醒了？"他把刚在楼下买的一袋包子、豆浆放到餐桌上，回头招呼她，"过来吃早餐吧。"

他这话说得自然又熟稔，倒让钟珥觉得不好意思了。她昨晚喝断片了，不知道阮轻寒是怎么送她回来的，她不清楚自己的酒品，万一对他做了什么乱七八糟的举动……

脸蓦然一红，她忙摇头否决掉这个想法。她醒来时衣着整齐，而且看阮轻寒的神色也很正常，昨晚应该没有发生什么奇怪的事。

阮轻寒注意到她的动作："怎么了？"

"呃，没事。"钟珥尴尬地笑了笑，拿起一个包子塞进嘴里，看到阮轻寒没跟着坐下来吃饭，好奇地问，"你不吃吗？"

"你吃，我先去洗个澡。"晨跑跑得一身汗，跟衣服粘在一块很不舒服，阮轻寒扯了扯衣领走进浴室。钟珥扭头，视线无意落到他的脖颈一侧，顿时一僵，嘴里的包子咽不下去了。

他的脖颈处赫然一道暧昧的红印。

那个瞬间，她脑海中浮起了一段模糊的画面。

昏黄路灯下，一个女孩儿匪气十足，扯住了对面的男人衣领，不管不顾地就亲了上去。

女孩儿是她，男人是阮轻寒。

……

阮轻寒洗完澡出来，客厅里已经没了钟珥的身影，餐桌上包子只少了一个，豆浆一口都没喝。

他看了眼墙上的时间，八点多，估计她是要回去洗漱一下上班了。

王权富贵在脚边打转，角落的猫粮碗已经空了，阮轻寒重新取了一袋猫粮补上。小猫今天格外黏人，有粮吃还不满足，非缠着他要抱。

阮轻寒将它放进猫沙发，拿着一只上了电池的老鼠陪它玩。

取了一根烟塞嘴里，抽到一半接到陆植山的电话。

陆植山昨晚喝得烂醉如泥，一觉直睡到现在，是坦白从宽来了。

阮轻寒听着他那边绘声绘色描述昨晚的场景，他为了兄弟是如何豁出去喝下大半箱啤酒的，钟珥又是如何宠辱不惊接下他的挑战，两人推杯换盏大战三百回合云云。

听到最后，阮轻寒抽了抽嘴角："怎么不说，三百回合之后，先趴下的人是你？"

昨晚的馆子里，纵观全场，醉到趴桌上的也只有陆植山一个。

"看透不要说透嘛！我平时酒量其实还不错，可能是昨天场合不对，也有可能是喝的酒不对。"

"喝了假酒？"

陆植山点头："有可能。"

阮轻寒一声冷笑："你就贫吧。"

两人沉默了会儿，陆植山那头忽然叹了口气，难得正经："本

来借这个机会替你报个仇，没想到我是先醉的那个。虽然不知道钟珥到底哪里好，但轻寒，我尊重你的想法。"

一根烟抽完，阮轻寒嘴里缓缓吐出一圈烟雾，在空中扩散，然后消失。

窗外黑云沉沉，大雨顷刻浇下，整个世界变得模糊，看不真切。

"我知道你是为我抱不平，"他开口，"但这是个误会，我和她，没有谁应该被记恨。"

他把那天钟珥告诉他的过去，包括分手的原因，简短地跟陆植山解释了一下。

电话那头安静了几秒，响起一声感叹："啧，你们俩，缘分还真是不浅。"

这场雨一直下到晚上，钟珥早上出门匆匆忙忙，忘了看天气，也就忘了带伞。

到了下班的点儿，鉴定中心同事都走得差不多了，她还坐在大厅等着雨势变小。

倒也不是没人愿意捎她一段，阿宁有伞，孟妍有车，但都被钟珥婉拒了。托阮轻寒脖子上那个红印的福，她这一天都过得不太安宁，工作期间频频走神，脑子里不自觉就会闪现昨晚喝醉后的画面碎片。

但也没能回想起更多，就一个强吻的场景无限次循环，一整天下来，她心脏有点承受不住。

反观阮轻寒，在被她醉酒强亲的第二天居然还能云淡风轻装作没发生过似的招呼她吃早餐，钟珥越发搞不懂他的想法了。

这场雨下得及时，正好能让她冷静思考一下，也可以避开跟阮轻寒的交锋。

然而老天有时候就爱给人安排戏剧性的巧合，当你不想见到某个人，你见到他的概率反而会大大提升。

等雨势变小，钟珥也冷静得差不多了准备回家，不想刚出门就跟阮轻寒撞上了。

离鉴定中心不远，他将车停在路边，靠在一棵香樟旁边抽烟，风很喧嚣，打火机点了半天没点着，他不再继续，把烟塞回了口袋。

钟珥有些意外他会出现在这儿，还没想好怎么面对他，干脆扭头换道走，几乎是同时，身后声音响起："去哪儿？"

钟珥讪讪回头，阮轻寒目光透过街上寥寥无几的行人，落在她的身上。

一看到阮轻寒她的视线就不受控制地往他脖子上瞥去，他今天穿了身正装，衬衫领口扣得严丝合缝，把脖子遮了个严实。

没看到想看的，她有些失望地收回目光："当然是回家，你怎么在这儿？"

"跟合作方开了个会，路过这儿。"阮轻寒看了她一眼，转身上车，"走吧，顺路。"

钟珥本想拒绝，但这样又会显得她好像很心虚，人家被占便宜的一方都还没说话呢，她在这儿暗自较什么劲儿啊，索性也就大大方方跟着坐上了车。

这几天青城温度骤降，天冷，但阮轻寒车里开了暖气，钟珥穿着大衣，烘得发热。

红灯，阮轻寒扭头看她，她的小脸被吹得红扑扑的。

"热吗？"

钟珥点头："有点，穿太多了。"

阮轻寒将温度调低了一点，过了几分钟看她，双颊还是红的。

"还热？"

钟珥摇头，趁他不注意捂住脸颊，含糊地回："好多了。"

两人隔得很近，又是在车里密闭的空间，钟珥脑子里还飘荡着她强吻阮轻寒的画面，又想起上次在车里未完成的那个吻，脸变得滚烫。

只是，有一点她不明白，如果昨晚她主动亲了阮轻寒，那应该亲的是嘴唇，为什么阮轻寒的脖子上会出现草莓印？难道在没想起来的画面里，她和阮轻寒还做了些别的？

可是她今早醒来的时候衣服都穿得好好的，身上也没有任何作乱的迹象……

钟珥眼皮一跳，想到了某些不可描述的画面……

这个念头刚浮现在脑海，就听旁边的阮轻寒适时开口："昨晚……"

经过昨晚，阮轻寒算是清楚钟珥的酒品有多差了，一旦撒起酒疯来，不仅跳脱乖张，还有点小霸王的意思。他想劝她以后喝酒注意下场合，只是刚开口，就被钟珥接过话头："昨晚的事，我会负责的。"

见阮轻寒的语气有些犹疑，似乎在考虑该不该开口，钟珥以为他是想说昨晚她喝醉后对他做的事，怕说得直白两人都尴尬，忙不迭地截断了他的话。

阮轻寒一愣，车熄火停靠在路边，扭头看到钟珥努力想掩盖的慌乱表情，旋即反应过来，勾了勾唇："怎么，没有喝断片吗？"

"还……还记得一点。"钟珥抿了抿嘴角，强装镇定，"反正，我会负责就是了。"

阮轻寒不清楚她说的"一点"是多少，但看她似乎心里也没底，便有意想逗逗她："照你昨晚的表现看，即便是你要负责，好像也是我比较吃亏。"

等钟珥眼皮耷拉下来，他话锋又一转："不过，我想听听你的解决方式。怎么负责？"

钟珥在等雨的时候冷静地分析过，她是喜欢阮轻寒的，这份喜欢也许在分手的这三年里沉寂过，但从未消失。而从这段时间看来，阮轻寒对她也不是完全没有感觉。

他们和谐相处的那段日子，她甚至有种回到了当初谈恋爱的感觉。

是谁说过，人生就是一场游戏，最好及时行乐，想爱就去爱。

她想从最初那个分歧点读档重来。

那么……

她挺直了背凑近他，手搭在他身边的座椅上，做"壁咚"的姿势。

"阮轻寒，我想请你吃回头草，你应是不应？"

第 八 章

你说好要负责的，
这次不要再半道松手了

The moon is beautiful
and you are gentle.

01

夜幕像泼满了墨的纸，黑漆漆的，今晚无星无月。

操场上歌声嘹亮，明晃晃的大灯照得一众穿着迷彩服的医学院新生脸上复杂的表情一览无余。今晚是军训最后一天，最后的拉歌项目大家都格外珍惜，唱得也格外用力。

钟珥坐在其中，丝毫没被大家的情绪感染。她的腿前两天刚拆了石膏，满打满算也就参加了一周的军训，参与感当然比不上其他全程都在的。

阮轻寒在这段时间的军训中人气直往上增，今晚尤其忙，解散后被塞了满手的信封和礼物不说，还被一些注重仪式感的女生缠着做了口头告别。

好不容易脱身，又被钟珥叫住："阮教官真受欢迎啊。"

钟珥站在学校围墙的树荫处，路灯光从树隙间洒下去，她的身影如鬼魅般模糊不清。

阮轻寒走近，看到她靠在一棵树上，嘴里嚼着口香糖，眼神落在他手上。

"这么多信和礼物，你拆得完吗？"

他不答反问："这么晚了你还不回宿舍？"

钟珥吹了个口哨，一蹦一跳地跳到他面前："我在等你啊。"

阮轻寒旁边有棵树，她顺势将手撑过去："站得太久了，不介

意我靠一靠吧？"

她这一靠近，他手里的信差点戳到她身上。他皱了皱眉，把信往身后挪："你也想来告别？"

钟珥摇头："又不是见不到了，告什么别啊？搞得丧了吧唧的。我是来宣战的。"

阮轻寒眉头一挑："宣战？"

钟珥笑眯眯地仰着脸看他，身体往前倾，没有刻意压低声音:"阮教官，不管你信不信，你迟早会是我的。"

"哦？"阮轻寒看上去毫不意外，淡定地看着她，"那我等着。"

就这样？

在钟珥的预想中，阮轻寒听到她的表白首先应该惊讶两秒，然后反应过来，冷冰冰地拒绝，"哦，幼稚"或者是"你想都别想"。

到时候她就可以跟他唱反调："不，我就要想，还要你想。"

可惜他没按剧本来。

第一次跟人表白钟珥挺没经验的，当下不知做何反应，犹豫了下："那我过两天去隔壁学校找你？"

阮轻寒点头："行啊。"

他云淡风轻，一脸诸事在握的表情，让钟珥愣了愣。

紧接着脸上一阵痒意，她伸手一挠，摸到了个毛茸茸的软物，吓得她一个激灵就睁开了眼。

大清早，天刚蒙蒙亮，钟珥就被一双湛蓝的眸子锁定了。

王权富贵蹲在床头，毛茸茸的尾巴尖在她脸上轻轻拂过，等她睁开眼，开始一个劲地叫唤。

门口给它添置的猫碗被打翻，没吃完的猫粮撒了一地，好好堆在墙角的猫砂袋也歪倒，不少猫砂漏了出来，地板上一片狼藉。

钟珥看得脑仁疼，抱着王权富贵就是一阵蹂躏："小捣蛋，离开了你家主人就本性暴露了是不是？"

貌美的白毛猫听不懂她的话，眼睛眨了几眨，无辜地"喵"了一声。

奶声奶气的，这撒娇谁扛得住呢？

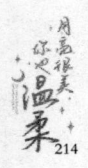

钟珥无奈地叹气，放下它，起身拿扫帚和拖把替它擦屁股，搞完卫生重新准备了猫粮和水，刚忙完，就收到了一条消息。

阮轻寒："到山下了。"

很简短的一句话，像是在跟家人报备日常。钟珥脸色微红，在键盘上敲敲打打了半天，实在想不出一句合适的措辞。于是，另一边的阮轻寒看着对话框里那句"对方正在输入中"显示了半天后没了声息。

等了两分钟才发来一句："嗯……照顾好自己。"

他摇头，嘴边浮起淡淡的笑意。

这个人啊，表白的时候说得掷地有声，这会儿倒知道害羞了。

他想起那天晚上在车里，她一脸豁出去的表情，问他："阮轻寒，我想请你吃回头草，你应是不应？"

他起先以为她说的负责最多是做一点行动补偿，没想到会这么直接跟他表白。

他是怎么回答的呢？

"钟珥，我不吃回头草，你也不是回头草。"

那一刻，他看到钟珥眉眼耷拉下来，她像是下定了决心，咬了咬唇："那我还给你。"

没等他明白那个"还"是什么意思，她已经倾身上前，嘴唇贴上了他的。

很短暂的一个吻，嘴唇和嘴唇的碰触，只停留了两秒。

"昨晚喝醉了不清醒就强吻你实在不好意思，这下还给你，我们互不相欠。"

钟珥有私心，上次在车里没吻到，昨晚她断片了也不记得到底有没有亲到，这会儿这个吻，就当作是告别礼物吧。反正阮轻寒也拒绝了表白，她总要给这段时间的心动要一点补偿。

她取下安全带，打算离开，只是刚转身，手就被扣住。

"去哪儿？"

她咬紧牙槽："你又不是我的谁，管这么多做什么？"

阮轻寒扶着额头，他话才说了一句，她已经独自演完了一出戏："刚才才跟我表白，现在又撇清关系，撩完就跑？"

钟珥一双眸子瞪过去，像蒙了层雾气："阮轻寒，你欺负人。"明明是他先拒绝的，有什么立场说她撩完就跑？

阮轻寒俊脸微沉，到底是谁恶人先告状，她表白，她亲他，然后说他欺负人。

"不管你刚才都脑补了什么，麻烦立即停下你丰富的想象力。"他叹气，凑近她，大手覆上她头顶，胡乱揉了揉，"以及，请你明白，我刚才说的那句话不是拒绝。"

车外又下起了雨，绵绵如丝，车窗像被盖上一层纱，世界顿时变得虚幻。

雨声，喇叭声，路边小摊吆喝声……听不到，听不到。

钟珥的耳畔，只有阮轻寒的声音，如玉盘落珠，敲打着她的心脏。

"你是你，你是钟珥，你不是什么回头草。我答应你，也不是吃回头草。我们是彼此喜欢，我们是水到渠成，我们是，注定要在一起。"

眼前视线一暗。

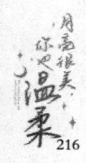

"昨晚你没有做越界的事，所以刚才的吻不是还，现在这个才是。"

话音落下，带着清冽气息的嘴唇压在了她的唇上。

瞬时，她只觉浑身酥麻，像是被电流淌过，空气中交织着两人的喘息。

阮轻寒的吻带着侵略性，撬开她的齿关，横扫城池。钟珥无力招架，她快要喘不过气，只能钩住他的脖子借力支撑，任他予取予求。

这是两人久别三年后的第一个真正意义上的吻。

干柴烈火，氛围正浓，然而下一刻就被车窗外的声音惊散。

谁能想到两人确认关系的第一天，阮轻寒就因为违章停车被交警贴了罚单。

钟珥至今一想到交警大哥看到车窗落下后那副撞破好事的表情就觉得尴尬，幸好是晚上看不清脸，不然她可能会羞愤到挖个地洞钻进去。

"虽然能理解热恋中的情侣，但这种事还是在家做比较好。"阮轻寒签完罚单，交警大哥还意有所指地补充一句。

阮轻寒微顿，很快反应过来，笑了笑："抱歉，给你添麻烦了。"

回到车上，钟珥头发散乱遮住了半张脸，脑袋偏向另一侧。阮轻寒踩下油门，不忘回头问一句："生气了？"

钟珥摇头，发丝里露出那双漆黑干净的眸子，闷着声回答："我尴尬癌犯了。"

车里忽然响起一声短促的笑："我们光明正大，以后这样的情况或许还会发生，就当提前做演练了，尴尬什么？"

钟珥微愣，脸色顷刻涨红得能滴血，她现在的心里充满了幸福感，原本以为被他拒绝而几近干涸的心又汲取到了生机，饱满到发胀。

但想到刚才他吻上来时说的那句话，她有些不解："你刚才说我昨晚没对你做越界的事，我怎么记得我好像有强吻过你，而且……"她视线点了下他严实的脖颈，"你脖子上那个，不是……"

不是草莓印吗？不是被她吃干抹净的证明吗？

在她的灼热目光下，阮轻寒松了松衣领，解开两颗扣子，无奈地解释："是你咬的，不是亲的。"

脖子上那个早上还泛红的痕迹现在只剩淡淡的牙印了。

他陈述着残忍的事实："你是想亲我，不过太矮，嘴巴只够到我脖子上。可能是饿了，就咬了一口。"

真是个美丽的误会，钟珥撇嘴，居然觉得有些可惜。

她摸了摸鼻子，试探地问："所以说，我其实不用对你负责对不对？"

阮轻寒轻飘飘扫了她一眼："想反悔？"

"不不不。"她赶紧摆手。

虽说误会澄清了，但钟珥对刚才的表白一点也不后悔。

阮轻寒满意地点头："钟珥。"

"嗯？"好端端叫她干吗？

"说好要负责的，这次不要再半道松手了。"

他声音很轻，缥缈而又不真切，落在钟珥耳里，却是蓦然一震。

"下一次，我不会轻易原谅你的。"

他的手搭在方向盘上，修长的手指轻轻敲打着。钟珥望着他的手，视线又游移到他的脸上，鼻挺唇薄。

这是她第一次喜欢的人，她的初恋，也是如今，她依旧喜欢的人。

"好，我答应你。"

我答应你。

无论发生了什么，只要彼此还爱着，我就不会再松手。

02

那天回家后，阮轻寒把王权富贵托付给了钟珥，轻行内部组织了活动，他要带队走最近刚开的新路线，一周后回来。

刚确定关系就要分开，钟珥虽然心里不乐意，但还是答应下来。王权富贵寄养在家的这段日子，她每天都会定时定点给阮轻寒发视频，大多都是王权富贵的日常，吃饭的、睡觉的、发呆神游的，都有。

除了是想让他了解到小猫的情况，也是想多和他说说话。

也是奇怪，之前还不觉得日子漫长，在阮轻寒离开后，钟珥第一次觉得时间是以秒来计算的，他不在的日子，度秒如年。

所以做梦会梦到他，她丝毫不觉奇怪，只是有些意外，梦到的居然会是好多年前自己向他表白的场景。

彼时的阮轻寒看似一朵皎洁的高岭之花，实际毒舌又冷淡，什么事都不放在眼里。

而那时钟珥对他是五分好奇五分好感，表白纯属是想要挑战一下，万花丛中过片叶不沾身的阮教官，究竟什么样的女生能入他青眼。

没想到阮轻寒还真接下了她的战书，在她穷追猛打下，迅速转正成了女朋友。事情的发展速度，倒真让那时候的钟珥觉得是场幻梦。

下午上班，鉴定中心来了一位不速之客。

钟珥经过接待室，看到屋子里那个跷着二郎腿从公文包里掏出两个盒子的男人，挑了挑眉："顾先生？"

顾子尧刚填完客户登记表，正把东西递给阿宁，闻声扭头看到门口的钟珥，瞥了眼她身上的白大褂。

"好巧，原来钟小姐在这儿上班啊。"

其实一点也不巧，青城做 DNA 鉴定的地方少说也有十来家，要不是阮轻寒非指定这家，顾子尧压根就懒得跑这么远。

他的目光在钟珥身上稍作停留，想到那天陆植山说要把她灌醉，结果先被她喝趴的事迹，没忍住幸灾乐祸。这姑娘看上去娇娇弱弱，倒也算是个勇士。

钟珥笑了笑，她看了眼他交给阿宁的基因鉴材："是挺巧的，能在这儿碰到你。"

顾子尧耸肩："帮朋友的忙罢了。"

阿宁离开接待室去交鉴材了，房间里就剩下两个人。钟珥也不想多待，正欲离开，却被他叫住："钟小姐等下。"

他从口袋里摸出个外表精致的木盒子，走上前来："阮哥送你的。"

阮轻寒走的那条线途经了个古镇，这东西就是在那儿买的，买完后直接快递寄回来，让顾子尧跑腿给钟珥送过来。

钟珥看着那盒子发愣，就听到顾子尧又开口："阮哥说，祝你生日快乐。"

是了，今天是她二十五岁生日。

自从毕业后，钟珥就不怎么在意生日了，毕竟每次过生日只会

提醒她又老了一岁。

但阮轻寒记得很清楚，还给她准备了礼物。

钟珥嘴角微微上扬，接过，说："谢谢。"

顾子尧办完手续就离开了，钟珥目送他的背影消失在门口，将木盒子收进外衣口袋。

想了想，还是跟阮轻寒发了条消息："礼物我收到了。"

阮轻寒回得很快："喜欢吗？"

钟珥："还没拆开看。"

阮轻寒："嗯，什么时候下班？"

钟珥："估计六点多的样子。"

阮轻寒："到时候别急着回家，有惊喜在等你。"

钟珥："什么惊喜？"

阮轻寒："保密。"

钟珥："……"既然都保密了还给她剧透，什么人嘛这是！

关掉手机，阿宁凑了过来："钟珥姐，你跟这位顾先生认识？"

从刚才两人打招呼的时候阿宁就很好奇了，钟珥平日里看起来很宅，社交面却是出奇地广。

"陆植山的朋友。"钟珥转身，"他的委托是谁负责？"

阿宁听到陆植山的名字愣怔了两秒，旋即回过神："小惜。顾先生要求这份鉴定保密并加急。"

钟珥本就只是随口一问，听完也没多想，看到阿宁刚才听到陆植山的表情，没忍住操了一份姐姐的心。

"那天之后，你跟陆植山怎么样了？"

阿宁眼神躲闪，含糊地回答："也……也就那样。"

"嗯？"她直觉有情况。

阿宁表情很别扭，一向大大咧咧的姑娘难得生出羞赧之色："嗯……"

的确有情况，那天进了趟派出所后，陆植山兴许是意识到自己给阿宁带来了困扰，找她的频率有所下降，也不再突兀地往鉴定中心送花。阿宁都快忘了有这个人时，不想他又天降替她解了个围。

阿宁的前男友脚踏两只船，她那天之所以闯红灯被陆植山撞到也是因为目睹他跟另一个女孩约会。两人分手后没多久，前男友不知道是良心发现还是怎么的，又回头想祈求阿宁原谅。

阿宁懒得搭理他。一个想走，一个不肯放手，两人纠缠之际，陆植山忽然出现，干脆利落地给前男友来了个过背摔。

如果说之前的陆植山给阿宁印象是个冤大头，那么那天他的出现，重新改变了她对他的认知。

下班的时候，钟珥牢记阮轻寒的话没急着离开，没多久，一个少女忽然风风火火地出现，给了她一个大大的拥抱："好久不见啊小耳朵！想死你了！"

是可可，她身后跟着大灰狼，两人均是从实验室赶过来的。

钟珥愣了下，猜测着这大概就是阮轻寒口中的惊喜。她回抱了

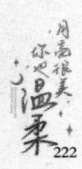

可可："我也很想你。"

"今天跟导师去其他学校搞交流活动，回来的时候正好路过这儿，想到你在这里上班，就过来看看。"可可在她身上蹭了蹭，"你下班了吗？好久没见，我们等会儿一起聚聚吃个饭？"

要不是阮轻寒提前跟钟珥剧透了，她可能真的以为他们只是"正好路过"这里。

既然阮轻寒知道，想必他们也是提前就准备好了。

钟珥顿觉心下一热，一股暖融融的感觉充盈周身。

"好啊。"她欣然应下。

原本以为就是三个人小聚，去了吃饭的地方，钟珥推开包厢后才发现，除了可可和大灰狼，包厢里还有宋闻景、谢为臣、池遇等人，撇开张萌和阮轻寒不在，上次一块去路蒙山的一小分队人基本都来了。

等钟珥进门，一群人齐刷刷地开了口："祝小耳朵生日粗卡！"

随着祝福一块儿响起的，还有礼炮的声音，五颜六色的彩带喷落在钟珥头上，可可上前替她摘下："好啦好啦，你们也别太热情，把小耳朵吓到就不好了。"

弄完头上的彩带，可可拉着她入座："不好意思啊小耳朵，因为是惊喜，所以就没有提前告诉你，你没被吓着吧？"

吓倒是没吓着，钟珥还觉着挺感动的，很多人跟她都只有之前在路蒙山的短暂相处，没想到这次居然会特地聚在一块给她过生日。

她微微笑起来，眼角有些湿润："没有，谢谢你可可。也谢谢大家。”

　　她很久没过过这么盛大隆重的生日了，一桌的人，一桌的菜，大家纷纷送上自己准备的礼物，她第一次体会到收礼物收到手软的感觉。

　　谢为臣是最后一个送礼物的，自从在黎阳十八环分开后，钟珥就很久没见到他了，不过因为研究生普遍都很忙，她也没多在意。

　　“生日快乐，钟珥！”他走到她面前，伸手递上礼物，是条缀了几颗晶珠的银色手链。

　　“谢谢。”钟珥接过，两只手相碰，谢为臣的动作一滞。

　　钟珥察觉到：“怎么了？”

　　“没事。”他摇头，表情恢复正常，回到座位上。

　　送礼物的插曲过后，不知道是谁搬来了一箱酒：“趁着今天给小耳朵庆祝生日，我们也难得聚一次，不如喝个尽兴。”

　　钟珥正想顺着话应下，可可却从桌下拿出一瓶橙汁：“你们男生喝酒就好，我跟小耳朵喝果汁。”说完，她笑眯眯扭头看向钟珥，“Rer说不能让你喝酒，怕你喝多了难受。是不是很贴心？”

　　钟珥抚了抚额，脑海里不受控地想起自己上次喝醉酒后的事。怕她难受是假，怕她撒酒疯才对吧。

　　说到阮轻寒，可可的话题就收不住了，其他人在互相寒暄喝酒，她就跟钟珥咬耳朵。

　　“小耳朵，采访一下，抱得男神归的感觉怎么样？”

　　“嗯？”钟珥顿了下，她跟阮轻寒的事才刚确定，谁都还没说，

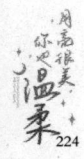

顾子尧要替阮轻寒跑腿，知道也不例外。但可可是怎么知道的？

可可见她一脸蒙，狡黠一笑："前两天我们在另一个群里讨论大家太久没见要不要聚个餐，但一直没想好哪天聚，然后 Rer 出来冒了个泡，提议在今天。我当时跟你一样蒙，直到他顺口提了一嘴今天是你生日，我才反应过来。"她语带揶揄，"他都走了还惦记着你生日，怕你落单呢。怎么样？要不要从实招来？"

钟珥掩下眸子里的震惊，她以为阮轻寒只是知道可可他们会策划这个庆生，没想到他才是主动提及的那个人。

他怕她落单吗？

她脸上缓缓升起一抹红，从别人嘴里听到男朋友对自己的关心，这种感觉真是复杂。有点心安，又有点心酸。

给她过生日的人很多，可惜他不在。

她笑了笑，给可可和自己倒了杯橙汁："我们，前几天才刚确定关系。"

可可眼珠子一转："听说你们俩以前就认识？"

阮轻寒毕竟是俱乐部里的老大哥，吃瓜群众中总有一些人喜欢八卦他的故事，包括跟周致渊的相杀史以及在大学谈的那段恋爱。谢为臣曾跟钟珥说过的阮轻寒的文身来历和白月光前女友，就是这些八卦中发酵得尽人皆知的事例。

钟珥点点头："我大一军训，他是我的教官。"

"Rer 军校毕业我知道，不过还真没想到他还当过教官，是不是特严肃冷淡不好相处的那种？"

"我刚认识他时也是这么认为的。"钟珥微微一笑，"看来他给大家的印象都差不多。"

"何止哦，他这人洁癖高冷又龟毛，平常人还真是降不住。"可可呷嘴，"我之前在你朋友圈看到他给你弟辅导学习的时候，都没敢把他和 Rer 联想到一块儿。"

钟珥哭笑不得，忍不住替阮轻寒说话："可能在外人看来他很高冷，但了解之后就会发现，偶尔还挺温柔的。"

可可摇头叹气，递给她一个"图样图森破"的眼神："你这么想也没错，基本上他为数不多的温柔可是都给了你呢。还记得去路蒙山那天的车上，你晕车，他一会儿给你接呕吐物，一会儿给你剥橙皮缓解难受。我跟着他也走了好多次路线了，但一次都没见他对其他女生这样过。就算是一直黏着他的张萌，他都没多给一眼。"

言下之意，从那时候起，阮轻寒对她就是特别的。

钟珥正喝着饮料，听到最后这句没忍住呛了一下，咳得嗓子眼儿都要跳出来。她捂唇，借口去洗手间离开了包厢。

大灰狼看到她的背影，眉头一挑，凑近可可："你跟她说什么了把人家吓成那样？"

可可也只是把自己的发现分享给钟珥，没想到她的反应这么大，扭头看到大灰狼过于逼近的脸，愣了下，随即一掌拍开："女孩子的秘密，你管这么多？"

桌对面，谢为臣也站起来："我去趟洗手间。"

03

钟珥站在洗手台前，望着镜子里咳得面色泛红眼角带泪的自己，用水在脸上扑了扑。

可可说的那段话信息量太大，虽说都是她经历过的事，但从旁人的角度来看，好像跟她自己的想法完全不同。她当初以为阮轻寒替她接垃圾袋剥橙子只是作为领队对成员的人文关怀，没想到在可可眼里，那是对她独有的温柔。

花了好一会儿才勉强压制住内心的起伏澎湃，钟珥对着镜子整理了下仪容，打算回包厢。

不料刚推开门，就与走廊上的谢为臣撞了个正着。

钟珥以为他也是去洗手间，便往边上让了一下，但面前的人岿然不动，目光紧紧地盯着她。

她被盯得头皮发麻，率先开口："谢为臣？"

谢为臣嘴唇动了一下，似乎察觉到自己的失态："抱歉。"

他一开口，钟珥闻到了淡淡的酒气，刚才她跟可可聊天的时候，他们那群人好像都在喝酒。

"没关系。"她笑了笑，从他旁边走过去。

刚走了两步，身后传来声音："我听说，你跟 Rer 在一起了？"

钟珥愣了下，回头不期然瞥到他眼里闪过的黯淡光芒。

她忽然想起上次他问她跟阮轻寒是什么关系，她那时候回答的是不熟。后来，在跟阮轻寒置气的时候，她还用他做过借口。

思及此，一对上他的目光，她就有种心虚感。

"不好意思啊，当初不是故意要骗你的。"

谢为臣手背在身后，攥成拳，面上却带着淡笑："Rer 这个人虽然看起来很冷淡，实际上对喜欢的人很温柔。他对你，应该还不错吧？"

"谢谢关心，他对我挺好的。"

钟珥看着谢为臣温和的表情，心想阮轻寒何德何能，身边都是一群小天使，这么关心他。

只是很快，她嘴角的笑在听到谢为臣的下一句话后瞬间消失。

"钟珥，如果在路蒙山之前我就认识你了，那我是不是就比Rer 多了点儿机会？"

"什么意思？"

"就是你想的那个意思。"

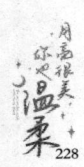

谢为臣的神色十分正经，钟珥皱起眉头，仔细思索着自己和谢为臣过去的交集，确定没有在他面前做过什么容易误会的事情。

"抱歉，谢为臣，在我看来，喜欢一个人跟对方出现的时机没有关系。我喜欢阮轻寒，仅仅因为他就是他。"她唇上浮起一抹淡笑，"就算要论时机，他出现的，也远远要比路蒙山那时更早。"

"更早？"

"我十八岁认识他，今天，我二十五岁。"

无法用时间衡量的长度，他出现在她的全部青春里。

谢为臣僵了下，忽然又笑起来，眼镜遮住了捉摸不定的目光。

钟珥被他的突然变脸吓到。

"看你回答得这么认真，我都不好意思说我是开玩笑的了。"他摇了摇头，笑得云淡风轻，"没想到随便一诈，能把钟珥妹子的真心话全部诈出来。你这些话要是被Rer哥知道，他肯定会很开心。"

所以说，他刚才所谓的"表白"，其实是在诈她？

钟珥惊愕，亏她回答得这么真情实感，结果人家压根就是在开玩笑。

她收回那句话，他才不是小天使，不过只是披着天使光环的恶魔罢了！

望着钟珥气呼呼往回走的身影，谢为臣嘴角的笑渐渐冷却。

他垂眸，摊开掐出了红印的手心。

所以Rer的这个名字，R是阮，er是珥吗？

原来他们认识了这么多年，是他就算努力追也无法企及的距离。

等聚餐结束时天已经黑了，一群人除了钟珥和可可外都喝了不少酒。送走了其他人，钟珥准备滴个车回家，却见顾子尧的车从转角处开出来，停在她面前。

"顾先生，你怎么在这儿？"

顾子尧睨她一眼："阮哥让我送你回家。"

顾子尧是被临时抓来当壮丁的，他从鉴定中心离开后就去了池遇那网吧，正带刚认识的一小妹妹玩吃鸡游戏呢，阮轻寒忽然一个电话过来，让他去接钟珥。

顾子尧当即就翻了个白眼："不是，阮哥，你是觉着钟珥是幼儿园的小朋友，还是她已经路痴到连回家的路都找不着了？"

阮轻寒没解释："去接她，你看中的我那款任天堂限量版游戏机就送你了。"

顾子尧眼冒金光，他这位哥什么时候这么大方了？

"说话算话？"

"嗯。"

"行，成交！"为避免阮轻寒反悔，顾子尧答应得很痛快，当然，也没忘了问原因。

阮轻寒顿了顿，回了一句："有情敌。"

得，原来是怕这到手的女朋友被别人拐走。

为了游戏机，他屁颠颠儿就开了车过来，但路边除了钟珥以外，他再没看到别人。

他怀疑是阮轻寒的情报出了问题，又或者，是他哥宝贝的小姑娘行情并没这么好。

他心里比较偏向第二个说法。

知道是阮轻寒托顾子尧过来接自己，钟珥便放心地上车了，大家送的礼物被她装进一个编织袋里，放到了后备厢。

顾子尧瞥了一眼："钟小姐还挺受欢迎啊，过个生日，这么多礼物！"

钟珥笑了笑："我也没想到大家会这么客气。"

顾子尧"啧"了一声，不说话了。

把钟珥送到家门口，他任务完成，功成身退，给阮轻寒发了个

消息，就等着他回来兑现承诺了。

04

钟珥回到家，给王权富贵准备了猫食，又洗了个澡，刚吹完头发就接到阮轻寒的视频电话。

屏幕里的他看上去有些疲惫，眼睛却黑亮如常："今天过得开心吗？"

他的声音低沉又沙哑，在寂静的夜里格外好听，钟珥的心控制不住地怦怦乱跳，点点头。

"刚洗完澡？"他视线落到她身上，浅黄色的睡衣上布满了可爱的兔子图案。

钟珥忙裹了张毯子在身上，她倒不是害羞，只是觉得自己这身睡衣有点低龄，被阮轻寒看到了不免有些难为情。

她转移话题："你今天很累吗？看起来很疲惫的样子。"

"嗯，明天就要上山了。"他喝了杯水，"小王同学呢？"

小王同学？

钟珥好一会儿才反应过来他说的是王权富贵。客厅电视开着，王权富贵正以一个慵懒的姿势躺在沙发上看电视。钟珥将它抱进怀里："喏，在这儿。"

王权富贵的注意力一直在电视上，即便钟珥用手机挡住它的视线，它依旧连一个正脸都吝给阮轻寒，找着空就想钻出去。

阮轻寒眉梢微挑："看来它在你家过得太好，已经乐不思蜀了。"

　　钟珥捏捏王权富贵的耳朵，替它说话："可能是因为被电视吸引注意力了吧。它最近几天都快住电视底下了，还偏爱那种伦理剧，也不知道看不看得懂。"

　　"它喜欢看电视，那你喜欢看什么？"

　　钟珥将小猫放回沙发，抬眸正对上阮轻寒的眼睛，当他是开玩笑，随意回答了句："好看的都喜欢啊，我不挑。"

　　阮轻寒低头瞥了眼时间："说一个最想看的呢？"

　　钟珥没想到这问题还有延伸选项的，目光不经意扫到窗台始终没有动静的盆栽："应该是……花吧。"

　　之前鉴定中心搞绿化进了数盆海棠，买多了放不下的全送给所里的同事了，钟珥也要了两盆带回家，悉心培育了两个月就是不开花。

　　她刚开始还挺期待川端康成那种"凌晨四点，看到海棠花未眠"的情景，后来干脆放弃了。

　　阮轻寒原本坐在床头，看了眼窗外后忽然起身，镜头也跟着他的动作晃动，钟珥听到他那边的喧闹声："怎么了？"

　　"没事。"阮轻寒披了件外套，继续话题，"什么时候开始喜欢花了？"

　　钟珥摇头："也不算喜欢吧，就是觉得绽放的花挺有生气的，看着看着心情就会变好。"

　　阮轻寒问："你现在心情好吗？"

"当然。"

视频里阮轻寒那边的画面暗了几秒，随后再亮起，背景已经从房间变成了空旷又广袤的夜空。

他站在旅馆楼顶的天台上，风声轻啸，刚才细微的喧闹声变得更清晰了。

钟珥看到他嘴角微微勾起，语调极神秘："那么，想要心情更好一点吗？"

"哦？"钟珥来了兴趣。

阮轻寒喉间逸出一声笑，抬眼看了看天色。

"真花是没法找给你看了，但我可以请你看另一种花。"

他视线落到钟珥的脸上，目光温柔又宠溺。

钟珥愣了愣，不等她说话，话筒里骤然传出"轰"的一声炸响。

漆黑的夜空瞬时亮如白昼，一簇簇四散的火花在天际绽开，绚烂又璀璨的盛景透过屏幕映入钟珥的瞳孔之中。

是烟花。

阮轻寒带队走的这条新路线叫长天涧，地处青城临市，前段时间在某视频 APP 上爆火，因其特殊的地势以及常年被云雾环绕的山巅奇景，吸引了不少驴友前来游览。山下的小镇也发现了商机，各类旅馆饭店周边小摊层出不穷，还策划了不少活动，铆足了劲要趁这个机会拉动一下小城镇的 GDP。

他们来得凑巧，镇上每半个月有一次烟火大会，这个月的第一次被他们赶上了。

"好看吗？"

"好看。"

"今天你生日，要不要许个愿？"

"在烟花底下许愿吗？"钟珥笑起来，"烟花易冷，会不会一个愿望还没等说完它就凉了呀？"

阮轻寒听完这个冷笑话也跟着笑起来："怎么说？"

钟珥躺到床上："总觉得很多事情，与其寄希望于这种虚无缥缈一闪而逝的东西，还不如自己努把力争取一下呢。而且我想要的东西，好像都实现得差不多了。"

她想要的很简单，父母健在，有一份稳定的工作，有一个喜欢的人。

目光无意间瞥到房间角落装满礼物的编织袋，钟珥想到阮轻寒那个木盒子还在衣服口袋里。

234

"我还没拆你的礼物呢，等我一下。"

烟花看得差不多了，阮轻寒回到房间，就看到钟珥拿着个木盒子又钻进被窝，

这是个檀木盒子，看起来很贵重，她小心翼翼地打开，里面躺着一条古味十足的红豆手镯。镯子很细，上面嵌了几颗红豆，做工很精致。

"真好看。"她取出来戴到手腕上试了试，尺寸也刚好。

"喜欢吗？"阮轻寒也躺到床上，手机放到枕边，他手撑着半边脑袋，姿势格外慵懒诱人。

钟珥只看了一眼，差点儿没喷出鼻血。

以她这个角度看阮轻寒，完全是同床共枕的女友视角，虽然的确是女友没错，但她还是第一次看到他睡觉的样子。

心口的小鹿撒欢似的跳个不停，钟珥重重点头："喜欢。"

一语双关。

两人聊得太久，钟珥手机闪出了电量不足的提示，她有些恋恋不舍："我手机没电了。"

阮轻寒轻笑一声："正好，明天还要上班，是不是该睡觉了？"

钟珥不想挂电话，但阮轻寒明天还要工作，他那是体力活，需要养精蓄锐才行。

"那，晚安啦。"

她说完，阮轻寒却没有再见的意思："你好像忘了点儿什么？"

"忘了什么？"钟珥没懂。

阮轻寒勾了勾嘴角，食指在脸颊点了点。

"晚安吻。"

感觉确认关系后的阮轻寒越发没羞没臊了，钟珥红着脸骂了句"流氓"，迅速挂了视频。

通话界面返回到聊天框，阮轻寒看着钟珥的头像，摸了摸鼻子。

他克制了这么多年，现在跟亲亲女朋友要一个晚安吻，很流氓吗？

这么想着，下一刻，手机就进了条消息。

钟珥："晚安，么么哒！"

发完消息，钟珥给手机充电不再管它，脸色爆红地裹紧了被子。

过了半晌，她从被子里钻出脑袋，想起先前看天气预报的时候顺便瞅了眼临市的天气，好像会下雨来着，阮轻寒那么谨慎的人，应该会注意的吧？

她眨了眨眼，困意慢慢袭来。

算了，不管了，他肯定知道的。

钟珥接了个警局的司法鉴定，在实验室忙了一上午，午饭都是拜托阿宁帮她打的。

小食堂今天做的菜有一半都是她不喜欢吃的，光是挑拣不喜欢的菜也花了不少时间，一顿饭吃得格外艰难。

早上给阮轻寒发的猫咪日常还没有得到回复，她咬着筷子盯着聊天屏幕，想着兴许是他今天太忙没有看到。正思忖要不要再给他发个消息时，手机忽然响了起来。

她看着来电备注，笑着接起："喂，可可？"

可可的声音并不轻松："小耳朵，你看了微博热搜没？"

钟珥吃下一口饭："没呢，我刚忙完工作。"

"你去看下热搜吧，第二条新闻……"可可语气有点急，顿了下，忽然改口，"算了你也别看了，我直接跟你说吧，陵城今天下暴雨了，Rer他们走的那条线就是在陵城的长天涧，听说那边的山体不稳有发生泥石流的可能性，俱乐部这边已经联系不上他

236

们了。"

话音刚落，钟珥手里的筷子"啪"地掉到地上，她猛然起身："联系不上是什么意思？"

电话那头忽然换成了大灰狼的声音："小耳朵你先别着急，其实没有可可说得那么严重，目前只是电话打不通，可能是因为天气影响了信号，网上还没有相关新闻出来。"

可可还想说什么，直接被大灰狼捂住嘴巴，钟珥能听到一点点断续的声音传过来："还没确定……别说……让她担心……"

休息室的纱窗没关，冷风从缝隙中透进来，吹得钟珥脖子发冷，她感觉牙齿在打颤，定了定心神："好，我知道，谢谢你们。"

挂了电话，钟珥直登上微博点开热搜，一条条新闻看下来，惊得她面色发白。

陵城的冬天天气多变，昨天暴雨今天就能放晴，今天多云明天就能转下冰雹。而长天涧因为地势特殊植被稀少，受天气影响很容易引发地质灾害。

钟珥给阮轻寒连续打了很多电话，从刚开始的无法接通，到后面直接关机。她心里的担忧层层叠加，上班也频频走神，在储存DNA时差点用错了灭菌水，幸好被孟妍及时制止。

好不容易坚持到下班，钟珥走进更衣室时发现孟妍在等她。

"你今天脸色不对，发生什么事了？"

钟珥说："孟妍姐，我想请两天假。"

新闻迟迟没有对长天涧的事做后续报道，阮轻寒也毫无音信，她放心不下，要过去找他。

孟妍皱了皱眉，从钟珥苍白的脸上察觉出在她身上发生的事的严重性。钟珥不想多说，她也就不多问了："好，可以。"

钟珥迅速在网上订了当晚去陵城的高铁，回家简单收拾了行李就直奔高铁站。

就在距离检票只剩三十分钟时，她接到了阮轻寒的电话。

阮轻寒的声音格外嘶哑，她差点没听出来，但在听到他叫她名字那一瞬间，她无声落下了泪。

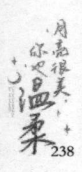

"你……你还好……好吗？"她抬起袖子擦掉眼泪，压住哭腔，"网上关于长天涧的新闻一直没有刷新，我很担心你，你没事吧？"

"没事。"阮轻寒笑了笑，他的笑声不如以往清朗，但总算给钟珥打了一针安定剂。

阮轻寒针对陵城这几天的天气做了分析，今早带队出发就担忧会出现恶劣情况，走到一半时选择返回。因为暴雨引起了临近的小镇突发洪涝，断了水电，他和同队的几个男生帮当地群众转移了部分物资，忙完后想给钟珥打个电话，却发现手机没电了，挨个儿问了很久才终于借到充电宝。

"没事就好。"钟珥悬在心口的大石总算落了下去。

阮轻寒听到了她这边的广播检票声："你在车站？"

在知道他没事后，钟珥才发觉自己这一头脑发热的买票举动有多不理智。她只想着去陵城找他，却没想过自己孑然一身过去除了添乱还有什么用。

这样想着，她连回答也没了底气："因为一直联系不上你，就想着干脆过去找你……"

她已经做好了被阮轻寒一番思想教育的准备了，但等了一会儿，没等来他的吐槽，反而是欣慰的声音。

"小珥，我很高兴。"

这好像是他第一次没有连名带姓叫她。

"你坦承表达担心我的样子，很可爱。"他低声说着，嘶哑的声音在夜里平添了几分柔情暧昧，"但这边暴雨估计还会持续下几天，很危险，你就在家里等我，好吗？"

语气像哄小孩儿一样，钟珥的心顿时就软了："那你要注意安全，好好地回来。"

"好，我答应你……"话还没说完，钟珥听到阮轻寒那边忽然响起推门声，一个女声在说："Rer，我烧了热水，你过来泡下脚吧。"

钟珥认得这个声音，张萌。

张萌悄无声息地就出现在了门口，阮轻寒皱了皱眉，垂眸看了眼手机，钟珥已经挂断了电话。他扭头扫过去，声音淡冷："敲门是礼貌。"

张萌似乎刚看到他手里的手机，抱歉一笑："不好意思啊，不知道你在打电话。"

阮轻寒起身走到她面前，她表情很淡定，手却握成了拳头，攥得很紧，泄露出几分紧张。

今天镇上发洪水，她也帮着转移了不少孩子，身上的风衣还被刮破了一个口子，脸上还沾了泥。

比起之前高冷的女神样子要接地气很多。

阮轻寒嘴角轻扯："你的好意我心领了。希望不会有下次，我女朋友会误会的。"

张萌咬着唇，嘴里有淡淡的血腥味弥散开。

"女朋友"三个字加了重音，这是提醒，也是警告——无论她多么费尽心机想留在他身边，都已经没有机会了。

第 九 章

你可不许哭

MOON

The moon is beautiful
and you are gentle.

01

钟珥这一晚没睡好，净做梦了。

梦里的画面也乱七八糟。她坐高铁去陵城，冒着暴雨去长天涧找阮轻寒，好不容易抵达旅馆，推开门发现阮轻寒正舒舒服服做足浴，而给他按摩的技师是张萌。

醒来，她拍了拍脑袋，这是胡思乱想什么呢？

她当然相信阮轻寒对张萌没意思，但扛不过敌人太主动啊，隔三岔五地出现在阮轻寒身边，她又没法时时盯着，只能隔空吃闷醋了。

因为天气影响，阮轻寒带的那队暂停了活动，留在长天涧的这几天大家都去当志愿者了。而阮轻寒尤其积极，仗着他体力好，什么活儿都往身上揽，忙得歇口气的机会都没有。钟珥怕打扰他，连以往每天必发的猫咪日常都不发了。

不联系的日子，一想到张萌可以跟他天天近距离接触，而自己连他一面都见不到，钟珥就觉得心里苦闷。

心里揣着事，一不留神，就把脚给扭了一下。

刚开始钟珥没当回事，就回家随便涂了点儿药酒，但后面两天脚踝越肿越大，连走路都困难，她只好去了医院。

给她接诊的是张子铭，看到她颇感意外："哪儿不舒服？"

钟珥指了指自己那条伤腿。

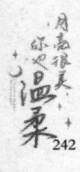

张子铭替她检查诊断了一下，好在只是软组织挫伤，抹了药膏，又裹了一圈绷带，顺便附赠了她一根拐杖。

钟珥嘴角一抽，接过他的"好心"。

"这事别告诉我爸啊。"她特意挑了她老爹休息的日子来的。

张子铭勾了勾嘴角，手插进白大褂口袋："你这伤过几天还要来复查，他总会知道的。"

钟珥无所谓地摆摆手："那会儿都差不多好全了，就算他知道也没事。"

离开医院，钟珥一瘸一拐地回家。

阮轻寒那边忙得差不多了，早上给钟珥发消息说是今天回来，但她这一路上没能空出手，等看到消息时已经是在回家的电梯上了。

距离他的消息已经过去了几个小时，想必此刻已经在回来的路上了。

钟珥想了想，回复："哦。"

刚发完没多久，电梯"叮"的一声在十六楼开了。

阮轻寒比钟珥回来得要早一会儿，正想去超市买点儿东西就收到她的微信，他站在电梯口对着她那个字盯了半天。

很久没见，听说男朋友要回来她不应该激动又开心吗？这个回复似乎有点冷淡啊……

他摇头无奈一笑，电梯门正好开了，他抬头。

视线落到电梯里的某一点，黑眸微眯。

那个挂着拐杖的瘸腿小可怜，不是他刚才一直念叨的人是谁？

看到钟珥这惨样，阮轻寒也不去超市了，直接把人扛回家，轻轻放在沙发上。

"脚怎么回事？"

钟珥看着他一脸正色的样子，乖乖回答："扭伤了。"

又是扭伤，阮轻寒眼皮一跳，这场景有些似曾相识啊。

他坐在沙发另一侧，把她的伤脚往自己腿上放，被绷带缠住的地方又红又肿，他眼中掠过一丝痛惜，上手轻轻揉着："怎么没跟我说，痛吗？"

钟珥撇撇嘴，酸溜溜地回："你不是忙嘛，还有佳人在侧，给你烧水泡脚，我哪好意思打扰。"

她一连几天没给他发王权富贵的视频，他居然一点反应都没有。

阮轻寒听出了不对味，眉梢微挑："我怎么闻出了醋坛子打翻的味道？"

钟珥轻哼一声，也懒得弯弯绕："何止是醋坛子，简直都是醋缸子了。味道这么大会把你熏死的，你快走……嘶！"

"都受伤了还嘴硬，"阮轻寒戳了下她红肿的脚踝，听到她倒吸一口凉气满意撤开，"真想我走？"

钟珥咬牙瞪他一眼，声音却弱下来："腿长在你身上，我使唤得动吗？"

算是变相服软。

"报名路线活动的都是在子尧那儿登记，我也是出发当天才知道张萌也在。"阮轻寒揉着她的脚，平淡开口，"跟你打电话那天旅馆里停水停电，我们的洗漱用水都是去山脚下接用土灶烧热的。我跟她没关系，她的水我也没用。"唇边缓缓浮起一抹戏谑，"虽然我挺喜欢看你为我吃醋，但这种莫名其妙的醋还是别吃了，伤胃。"

钟珥本来就只是过过嘴瘾，听到阮轻寒这么详细地解释，嘴角扬起抑制不住的笑意。

她动了动脚踝，语调轻轻的，跟撒娇似的："疼。"

"哪里疼？"

"伤口。"

那地方没法用手揉，阮轻寒便改为给她呼气，湿热的呼吸扑打在皮肤上，钟珥顿时一个激灵。

"别别……别吹了！痒！"

"哪里痒？"

他握住她的脚，小巧又柔软，她觉得更痒了，想缩回脚，却直接把他钩了过来。

窄窄的沙发上，阮轻寒撑在钟珥上方，精致的喉结滚了滚，两人靠得很近，鼻息相接，暧昧无比。

"难受。"

"我压得你难受？"

"这里难受。"气氛驱使，钟珥胆子也变大了，拉住他一只手，放在心口的位置。

赤裸裸的撩拨。

触及那方柔软，阮轻寒只觉血气涌遍全身。

她脚还伤着，他只能克制住想扑倒她的欲望，哑着嗓子："怎么了？"

点不透啊点不透，钟珥干脆直白了点："你知道你现在该做什么吗？"

"知道。"看来是真压到她了，他准备起身，腰却突然被她双手抱住。

她整个人攀上来，软唇附上，带着点儿嗔怒："亲我。"

温香软玉在怀，他深眸满含欲念，残存的最后一丝冷静在提醒着："你有伤，不想好了？"

"不急这一会儿。"钟珥不满地在他肩头咬了一口，故意激他，"你该不会是，不行吧？"

"你之前不是都碰过了？"

"谁知道呢……"

"既然这样，"理智消失殆尽，他反被动为主动，制住她捣乱的双手，俯身埋在她脖颈处，细密的吻落下……

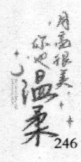

钟珥醒来时天已经黑了，她浑身酸软，稍微伸展下胳膊都觉得难受。

身下是绵软的床，她掀开被子，看到自己穿了件睡衣。

阮轻寒端着一碗粥从厨房出来，扭头看她："醒了？"

他换了身衣服，衬衫西裤，门口的衣架搭了件大衣。钟珥看了眼："你等会儿要出去吗？"

话出口，有气无力，还带了点儿娇柔的尾音。

"长天涧那条线可能要改，得去俱乐部开个会。"阮轻寒走过来，在她额头亲了一下，"等会儿起来把桌上的粥喝了，好好休息。"

钟珥脸颊微红，他这番亲昵举动让她不可避免地想到了刚才的激烈画面。原来男人在这个时候都有两副面孔，明明前一秒还沉稳无比，顷刻就能化身成饥肠辘辘的大灰狼把她吃干抹净。

她被折腾得太累，等阮轻寒离开后，迷瞪着眼又睡过去了。

夜色深沉，阮轻寒驱车去了俱乐部，推开门的时候人到得很齐，除了顾子尧几人，还有俱乐部的合作对接方。

长天涧这条线是轻行跟一家户外用具公司合作开发的，受这次天气影响，需要重新商议路线和出行时间。倒也没有大改，只是从原先的路线规划上进行删减，花了将近一个小时，对接方拿着修好的策划案离开了。

人一走，陆植山看了眼时间，也跟着起身："都这个点儿了，各位对不住，我也要走了。"

他今天穿得格外精神，笔挺的西装连个褶皱都没有，还特意梳了个大背头。

阮轻寒猜都不用猜："去约会？"

陆植山冲他抛了个媚眼，配上那欲说还休的表情，要多油腻有多油腻。

"嗯哼，你州官能放火，咱百姓也要点点灯不是？"

顾子尧整理好文件夹，贼贼地搭了句话："还是上回把你送进局子里的那个不？"

陆植山捡起桌上的笔就丢过去："话说这么难听，那是情趣懂不懂？"

南尹没掺和他们的打闹，盯着手机看了会儿，起身穿上外套："我去医院了，有事给我发微信就行。"说完就走，留下几人看着大门无情关上。

陆植山先回神，咂嘴："要不说咱们轻行出情种呢，光就轻寒和大南，个顶个的深情。"

顾子尧点点头，深以为然："那姑娘都睡了四五年了吧，一点也没有要醒的迹象。听说她爸妈都放弃了，就大南还在等。"挑了挑眉，"接下来还有这么多年，也不为自己想想，及时行乐多好？"

阮轻寒瞥他："这就是你隔天换个女朋友的理由？"

"没错，轻寒真相了。"陆植山哈哈一笑，说完转身就走，"我约会要迟到了，不跟你俩扯皮了，拜了个拜！"

02

热闹的俱乐部很快只剩下两个人。

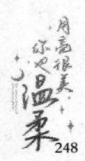

阮轻寒按了按眉心，等顾子尧收拾好东西，才慢慢开口："那个报告你寄给周致渊了吗？"

"寄了。"

"什么反应？"

顾子尧好笑地给他翻新闻："他收到那天正好在准备一个比赛，结果看到报告脸色都变了，人家好好的友谊赛被他玩成了搏命版的速度与激情，主办方气得吐血。"

"留了备份吗？"

"那必须啊。他这人狗急跳墙都有可能，要是再发生上次那样的事让你受伤，我就分分钟把这报告寄给周老爷子，让他在周家待不下去。"

阮轻寒摇头："这报告只是在给他亮我们的底牌。周老爷子最近住院不能受刺激，我们小辈的事别牵扯到他们。"

顾子尧"啧"了声："也就阮哥你还看着昔日的情面，他找打手来堵你的时候想过你也曾经是他的兄弟吗？"

上次阮轻寒在黎阳十八环受伤，托人恢复了停车场的监控，顺藤摸瓜确定幕后黑手就是周致渊。顾子尧在青城自有一套关系网，稍微打点下就调查出了他可疑的身世。

周老爷子是老来得子，前两任夫人都没给他生下孩子，等到周致渊的妈妈嫁进去，没足月就生下了周致渊。据说当时周老爷子高兴地宴请了青城所有名流，宣布周致渊就是他周家接班人。

这些年，周老爷子待周致渊是极致宠爱，要是某天他发现自己捧在掌心的孩子跟自己毫无瓜葛，不知道会是什么心情。

阮轻寒声音淡冷："我跟他的事，不需要伤及无辜。"

钟珥脚扭伤后顺理成章当了几天的米虫，上下班有人接送，回家有人做饭，饭后还有人帮忙揉脚。她躺在沙发上，不知道是第几次发出幸福的打嗝声。

阮轻寒的厨艺进步简直神速，几个月前煮粥还能煮煳，最近才看了一个多星期的菜谱，居然就钻研出了不少美食。

"看来下次要控制下你的饭量了，再这么下去非变胖不可。"阮轻寒握着她的脚踝，慢慢揉着。

钟珥反驳："这哪是胖啊，明明是幸福肥好不好！"

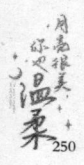

因为最近都没怎么运动，原本平坦的小腹还真长了点儿肉，捏在手里软乎乎的，她刚刚还振振有词顿时脸耷拉下来："不过这幸福来得也太快了吧……"

阮轻寒腾出手也捏了一把，面不改色地评价："手感还不错。"

钟珥拍开他的手，撑着脑袋靠在沙发上："阮轻寒，以你直男的眼光看，你觉得我是胖点儿好还是瘦点儿好？"

这是什么问题？

阮轻寒眉梢微挑，还是认真地分析了一下："直男也分角度，比如以视觉为准的话，你可以再瘦一点。但要是以触感为准，你还可以多吃点儿。以及……"

在钟珥满含期待地等他说出接下来的高见时，他故意卖关子似的，非停顿一分钟，才慢慢悠悠地开口："以你男朋友的角度来看，你现在这样就很好。"

钟珥先是一愣，脸蓦然爆红，偏开脑袋："不要脸，不跟你说了。"

以前还没发现，感觉阮轻寒最近越来越会撩了，随口一句情话，戳得她猝不及防。

揉脚的动作停了，钟珥旁边的沙发陷下去了一大块，熟悉的松木香扑鼻而来。

阮轻寒的声音轻柔喑哑，带着蛊惑响在耳侧："我的脸就在这儿，不信你摸摸？"

声音很近，耳朵很痒。

钟珥回头，正对上那双黑色的眸子，那里面映出她的模样，表情很无辜，嘴角却一勾："谁要摸你……"

不等说完，阮轻寒直接握住她的双手放在自己脸上："摸脸是你独有的特权，不用多可惜。"

他的脸缓缓靠近，在她唇上落下一吻。

以旁人的角度来看，这画面活像是钟珥捧着阮轻寒的脸在强吻他。

看似冬日暖阳，岁月静好……

然而下一刻，阮轻寒就被钟珥一脚踹开了。

"你压着我的脚了！"

钟珥去医院复诊，作为雪上加霜的始作俑者，阮轻寒陪她一块儿去了。

她的伤脚本来恢复得差不多了，被阮轻寒那天忘情强吻不小心压住，又崴了一下，肿得更大了。

张子铭检查她的伤势，皱了皱眉："按理说你这伤该好了，难道你这几天还带伤健身？"

阮轻寒等在诊室门口，钟珥估摸着他也听不到，便随口扯谎："前两天下班遇到只野狗，被追了八百米。"

"厉害。"张子铭由衷地感叹，"我再给你换下药，钟主任正在巡房，待会儿就过来了。"

钟珥的脸肉眼可见地阴了下去，按她爹那脾性，知道她受伤还瞒着不告诉家里人，指不定会怎么训她一顿，要是告诉江美惠更了不得，肯定天天变着法给她熬鸡汤送过来。

父母的关心虽好，但不能贪多。

钟珥苦着脸，趁张子铭拿药的空隙，一蹦一跳地到门口："帮我个忙行不行？"

阮轻寒刚接完电话，顺势扶住她："怎么了？"

"我爸巡房等会儿就过来了，我不想让他知道我受伤，你能不能拖住他，等我上完药离开就行。"怕他不答应，钟珥咬牙又加一句，"我爸要是看到我脚上有伤，你也跑不掉。"

还会威胁人了。

到底媳妇儿还是自己选的，阮轻寒眼皮一抬，无奈应下：

"行。"

钟珥喜笑颜开地回去了。

阮轻寒不知道钟子续在哪儿巡房，医院内部四通八达，走廊通向各种方向，他随便转了转，差点看花眼。

忽然，目光落到某一处，他眉峰微蹙。

那是个穿着白色连帽卫衣的男人，身形极快地从转角经过，又极快地消失在人群里。

没看清脸，但总觉得那人似曾相识，有点像周致渊。

刚才顾子尧打电话过来说周致渊今天有个活动，但是他没去，来医院莫非是生病了？

阮轻寒犹疑，想跟上去看看，一只手拍上他的肩膀。

他扭头，钟子续微笑着打量他："这不是小阮吗？好久不见，来医院看人？"

阮轻寒想起钟珥交给她的任务，遂点点头："钟叔，我是来找您的。"

"找我？"

"我之前受伤的地方，最近好像复发了，不知道是什么情况，想来咨询下你……"

一定是被钟珥传染的，他居然也拥有了张口就胡扯的技能。

就这么硬扯了十几分钟，钟珥终于给他发了个"OK"的消息。

他缓缓吐了口气，等钟子续将话说完，礼貌地笑了笑："好的，我明白了，叨扰了钟叔。"

正想离开，身后钟子续难得正色叫住了他："你跟小珥，最近关系怎么样？还是邻居吗？"

这问题有些突然，钟珥暂时不打算把他俩的事告诉钟家二老，阮轻寒尊重她的意思，想了想，只隐晦地表达了对她的好感："嗯，小珥是个很好的女孩儿。"

好好的一句褒扬的话，钟子续却听岔了，以为阮轻寒是在给钟珥发好人卡。

他在心里纳闷，不应该啊，上次一起吃饭两人好像聊得挺好的，虽然大多时候都是他那闺女在献殷勤，但小阮也没有拒绝的意思。

"你们俩……"他想再打听一些细节，却见阮轻寒接了个电话，下一刻就冲他歉意地道别，"抱歉，钟叔，我临时有点急事，得走了。"

问题到了嘴边还是咽了下去，钟子续点头："哦，行，那下次再聊。"

阮轻寒转身，嘴角的笑瞬间消失，神情严峻。

03

钟珥闭着眼，能感觉到自己在一辆飞速行驶的车上。

刚才她从医院出来，给阮轻寒发完消息，有人突然在她后颈劈了一下，当即没了意识。等她清醒过来，手已经被绑上了胶带没法动弹。

车里空间很小，她被人丢在了角落里，双脚以一个很别扭的姿势压在车座底下，缠了绷带的那只脚踝强行抻直抵在地上，疼得她快没知觉了，刚想动一动，旁边忽然响起谈话声。

她霎时僵着身子，继续装睡。

"这女人对阮家那小少爷真的有用？"怀疑的语气。

"我看着阮轻寒送她来医院的，怕她走不稳一路还给她当拐杖，普通人他也没这么贴心吧？"笃定的回答。

"有意思，没想到这阮少爷看起来荤素不近，居然喜欢这种没什么油水的。"

"你以为都跟你似的喜欢波霸啊！"

"波霸怎么了，你不喜欢？"

……

默默听了一会儿，钟珥算是摸清了情况。

车上这几个人都是冲阮轻寒来的，她只是个诱饵。他们借她跟阮轻寒约了见面的地方，也就是这趟车的目的地。

钟珥强迫自己冷静，如果他们的目的是阮轻寒，那她暂时还是安全的。

只是不知道，他们想对阮轻寒做什么。

车速放缓，忽然停下，有人打开车门，目光在她脸上扫了扫。

"怎么搞的，人怎么还没醒？"

钟珥心一沉，这声音有点耳熟，她好像在哪儿听到过。

"按理说应该醒了，难道是老四下手重了？"

"别什么都赖我啊，我都没用多少力气！"

"不是你就不是你，这么急赤白脸做什么？"那语气冷冷淡淡，"待会儿进去给她浇盆水不就清醒了。"

说完，钟珥感觉自己被一个人从车里扛了出来。她眼皮抖开一道缝，看到自己像悬在半空中，被人扛着往不远处的一间仓库走去，一颠一颠的，隔夜饭都要吐出来了。

身后有两个人跟上来，其中一个穿着件白色卫衣，瞥到那张脸时，钟珥愣了下。

周致渊？

仓库很快到了，钟珥被随意丢到地上。扛她的人累得直喘气："没想到这妹子看着没几斤肉，扛起来这么沉！"

另一个人上前："这都没醒，去接盆水来。"

钟珥本想再闭眼装装样子，一听说真要浇水，眼皮动了动，立马醒转。

"会长，她醒了。"

周致渊搬了个椅子坐到钟珥面前，手指在下巴轻轻摩挲，扫视着她："阮轻寒的女朋友，我们俩曾经见过，还记得吗？"

钟珥当然记得，上次在黎阳十八环那一面印象深刻得很，虽然阮轻寒没说，但她知道他那时受的伤一定跟周致渊有关。

"不知道周会长把我带到这儿来，有事吗？"双手被绑着，人被随意丢到地上，用"带"这个词钟珥已经很有礼貌了。

"当然，我跟轻寒有事要谈，但总是找不到机会，所以想请你当个中间人。"周致渊笑了笑，漫不经心地往嘴里塞了一根烟，点燃后冲她吐了口烟圈，"轻寒真是重色轻友，一听说你来了，这不，立马就答应跟我见面了呢。"

他视线轻飘飘地移向仓库外边，钟珥跟着看过去，见到一个熟悉的人影。

阮轻寒孤身一人出现在门口，扫过周致渊看向了钟珥，不过一会儿没见，她看起来格外落魄，手被胶带捆着，身子蜷缩在地。

两人目光相接的瞬间，阮轻寒皱起了眉头，钟珥却微微一笑，无声地安慰他，她没事。

他顿了顿，扭头看向周致渊："周会长不是一向自诩怜香惜玉吗？就这么对待一个有脚伤的女孩儿？"

周致渊的脸在缭绕烟雾中并不明晰，但他好像轻轻笑了一下："怎么，这就心疼了？看来用她做筹码，我胜算很大啊。"

阮轻寒表情忽然变冷，径自走向钟珥，撕掉捆住她的胶带，想扶她起来。

钟珥攀着他的胳膊起身，眼睛忽然睁大，看向他身后："小心！"

阮轻寒来不及反应，后背被人狠狠踹了一脚，他一个趔趄，差点撞到钟珥身上。

"这个筹码只用来换一个秘密，似乎有点大材小用。"周致渊走到他旁边，笑容意味不明，"阮少爷，不如我们再加一个——比一场赛车如何？"

周致渊是赛车协会会长，跟阮轻寒这种业余司机比赛车，准输谁赢一目了然。钟珥瞪他："周致渊，你不要得寸进尺！"

阮轻寒按住她的手，抬眸瞥向周致渊以及他身边两个肌肉横陈的打手："怎么说？"

"这仓库紧挨着的山道就很适合飙车。"周致渊眯了眯眼，"既然钟小姐这么担心你，不如到时候也一起参加，就坐在副驾驶看你是如何输掉的，怎么样？"

钟珥倒是想，但阮轻寒胜算本来就不大，她也不希望自己给他添麻烦，遂摇头："不用……"

不等她说完，旁边的人却答应得很痛快："好。"

不得不说，周致渊选了个好地方，这条山道呈环形，岔道口多，又偏僻，再加上鲜有车来往，简直就是日常练车的好去处。

因为阮轻寒载了钟珥，公平起见，周致渊也载了个打手，留下一个在起始点当裁判。

两人开的都是自己的车，性能不同，钟珥总觉得周致渊那个要更高档一点。

她系好安全带，有些丧气："感觉你赢的概率不大啊。"

阮轻寒似乎并不注重输赢，微挑了挑眉："没关系。"

裁判一声号令，两辆车一齐冲了出去，刚开始速度还不分上下，但过了一会儿，阮轻寒的车逐渐落了下风，被周致渊甩在了屁股后头。

钟珥替他着急："加把劲啊，要是输了怎么办？"

阮轻寒看起来颇为惬意，甚至还放起了车载音乐："不着急。"

钟珥听着喇叭里悠扬的旋律，按了按眉心："虽然本来就没可能赢，但你认输也认得太快了吧……"

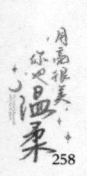

阮轻寒似笑非笑："你似乎还不清楚我们赌的筹码。"

钟珥看他："嗯？"

"筹码是你。"他握紧方向盘，"既然你已经在我这儿了，那么这场比赛就毫无意义。"

所以，这就是他答应周致渊让她上车的理由？

钟珥反应过来："怎么？"

"既然没有意义，留在这里也没意思，"经过岔道口，他直接选了下山的路，"走吧，回去。"

钟珥震惊得没法说话了，咽了咽口水："那周致渊他们怎么办？"

提到这名字阮轻寒就觉得后背隐隐作痛，给了机会不珍惜，还能怎么办？他眸中闪过一丝冷意："等会儿会有人过来送温暖的。"

一刻钟后，周致渊把车开到了起始点，临时裁判冲他晃了晃手里的表："会长，你是第一个到的。"

他回头看了眼寂静的山道，阮轻寒的车不知道被甩得有多远，一声嗤笑："阮轻寒啊阮轻寒，比了这么多年，我总算赢了你一次。"

他点燃一根烟，靠在车旁："在这儿等一会儿吧。"

他很有原则，就算是输，也要让阮轻寒输得心服口服。等阮轻寒到了，他一定要用胜利者的口吻好好嘲讽他一番。

只是，等了半天，阮轻寒的车还没出现，警车却先一步出现了。

几位警察走到他面前，出示了下证件："周致渊先生，有人举报你和身边这两位涉嫌一起绑架案，麻烦跟我们走一趟。"

周致渊脑子里有根弦断了，看向身后迟迟没有车影的山道。

他给阮轻寒挖的坑，却被阮轻寒反将了一军。

04

因为证据不足，周致渊在局子里待了没多久就被周家保释出来了。

但随后，他涉嫌绑架的事在整个圈子里散开，闪灵协会为了保全名声，单方面与他撇清了关系。

钟珥刷到闪灵官博发的那份声明，在心里感叹，墙倒众人推这话真是不管对谁都适用。

不过她还是不明白，抬头看向厨房里忙碌的人："我觉得你们俩可真奇怪，一个绑架我是为了跟你赛车，一个报了警却又不提供证据。这是为什么呢？"

阮轻寒将电磁炉搬到客厅的餐桌上，又将一锅热气腾腾的大杂烩放上去，拍掉钟珥拿起筷子就想夹菜的手："先去洗手。"

钟珥迅速去了趟洗手间，回来依旧追着那个问题不放。

其实没什么奇怪的，阮轻寒原本就答应要用周致渊的身世秘密换钟珥，后面的赛车环节是他非要加的，阮轻寒也只能顺水推舟，给他点儿小教训。

总体来看，两人都得到了想要的东西。

王权富贵慵懒高贵地走过来在脚边打转，阮轻寒揉了揉它的小脑袋，抬眸对上钟珥那双期待的眼神，想了想还是给了回答："大概，是因为我们曾经是朋友吧。"

世上大多数人都有同一种毛病，能接受朋友的不足，却无法忍受他比自己优秀。

盯着对方的光环看久了，视野里久久无法抹除的暗影，是滋养嫉妒的最好养料。

晚饭后，入冬已经有一段时间的青城终于下了初雪。

整个城市银装素裹。拗不过想看雪的伤患，阮轻寒给钟珥加了一件棉袄，带她到小区楼下逛逛。

本以为这样的天气外边应该没人，不想小区里人出奇地多，出来消食的老人，带着孩子玩雪的家长，路灯渐次亮起，竟然还挺温馨。

钟珥看到有小朋友折了根树枝在雪上写字画画，觉得好玩，也随手写上自己的名字，拍照发到朋友圈。

附文：下雪啦，赚个外快，代各位在雪上写字，价格好商量哦！

北方雪下得早，之前钟珥微信里的北方好友也在朋友圈玩过这个游戏，她印象深刻，有样学样。

阮轻寒对雪没什么特别的感觉，但钟珥兴致很高，他不忍打扰，就坐在不远处看她。

见她心满意足地发了朋友圈，他也掏出手机看了眼，随即，唇边浮起淡淡的笑意，点开和她的对话框。

阮轻寒："下单。"

刚发完朋友圈就收到消息，钟珥兴奋地点开，瞥到是阮轻寒后眼皮耷拉下来。

钟珥："逗我玩吗？"

肉眼可见的失望，阮轻寒抽了抽嘴角："怎么就逗你玩了？"

钟珥："雪就在你脚下，你完全可以自己写嘛。"

阮轻寒："不想动，冷。"

钟珥看着他手指在手机上飞快点过。

说得好像你打字不冷似的。

钟珥："好吧，看在咱俩这关系上，给你一个友情价。"

阮轻寒："不，我要爱情价。"

钟珥："没有这一说法。"

阮轻寒："可以有。"

钟珥："真没有。"

阮轻寒："现在有了。"

随着消息发过来的，还有一条转账信息：微信转账 520 元。

还真是冒着粉红泡泡的爱情价呢。

钟珥："谢谢老板，你要写什么字呢？"

阮轻寒："钟珥最喜欢阮轻寒。"

钟珥手一顿："为什么不是'阮轻寒最喜欢钟珥'？"

阮轻寒："这样你会开心？"

钟珥："会啊，特别开心。"

阮轻寒："行，你就怎么开心怎么来。"

钟珥笑眼弯弯："好的，老板真阔气！"

她捞起一根树枝就写起来，除了那几个字外，还特意画了点花边点缀。

　　写完之后，阮轻寒总算舍得挪步过来，看了一眼捧场地点头："还不错。"

　　钟珥骄傲地挑了挑眉头："那当然，本姑娘出品，质量有保障。"

　　自从钟珥发了那条朋友圈后，来找她下单代写字的人还挺多的。

　　她只是图个乐呵，也没真收钱，在雪里玩了一个小时，接了十几单。

　　蹲久了脚有点麻，她起身的时候重心不稳差点摔着，幸好阮轻寒就在边上，扶住了她。

　　钟珥这会儿又没有刚才的傲娇了，脸变得很快，展开双臂，声音极软糯："阮轻寒，背我。"

　　阮轻寒撩了撩眼皮："多大了还要让人背，你是小孩儿吗？"

　　钟珥接得很快："是啊。"

　　阮轻寒似笑非笑，逗她："那你得叫哥哥。"

　　打情骂俏谁不会，钟珥望着他眨了眨眼："哥哥。"

　　她喊"哥哥"的声音又软又柔，像一根纤细的羽毛在心口挠啊挠，挠得阮轻寒心痒，又心酥。

　　那一瞬间，他的表情有点古怪，眼神仿佛夜里捕食的狼看到了猎物。

　　忽然他喉结动了动，兀自笑起来，笑得克制又宠溺，蹲下身。

　　"行，小孩儿，哥哥背你回家。"

钟珥身形小，还穿了件偌大的棉袄，趴在阮轻寒背上就像个高中生，加上这一路她总有意无意地叫他哥哥，旁人还以为两人是兄妹。

电梯里，一个跟他们同楼的女住户就误会了，离开电梯前还感叹一句："要是我家那俩孩子跟你们兄妹俩感情一样该多好。"

钟珥望着那住户离开的身影，憋着笑，凑到阮轻寒耳边："哥哥，有人说咱们兄妹感情好呢。"

湿热的呼吸扑到耳侧，阮轻寒眸子沉了沉，托着她双腿的手一紧："小孩儿，别撩拨哥哥。"

室外温度很低，两人裹挟着一身冷气回家，钟珥冻得脸都白了，赶紧去浴室冲了个澡。

阮轻寒坐在客厅撸猫，眼神盯着面前的电视，耳朵却不自觉注意浴室里的水声。

过了会儿，浴室门打开，钟珥穿着毛茸茸的睡衣出来，看到他一愣："阮轻寒你还在？我还以为你回去了。"

角色扮演游戏结束，钟珥又开始连名带姓地喊人。阮轻寒眉一抬，觉得还是"哥哥"这昵称听起来喜人。

他下颌微收，嘴角勾了勾："你妈妈刚才打电话来了。"

钟珥用毛巾裹着湿漉漉的头发，一瘸一拐地找吹风机："说什么了？"

"她生日要到了，让你不用准备礼物，带个对象回去就行。"

钟珥一贯喜欢丢三落四，用过的东西随手就放，阮轻寒从茶几底下拿出吹风机，插上电，"过来，我帮你吹。"

钟珥乖乖走过来，蹲到他腿边，在他梳理她的烦恼丝时，打开手机看了眼通话记录。

果然，就在她洗澡的间隙江美惠打了个电话，聊天时长五分钟。看到时长，她有些意外地皱了皱眉。

江美惠跟她这个亲闺女每次打电话都是不到三分钟就挂，跟阮轻寒难不成还有什么共同话题？

她不知道，她自己就是两人的共同话题。

上次钟子续误以为阮轻寒给钟珥发了好人卡，回家跟妻子商量，打算重新给钟珥安排个顺眼的相亲对象。

江美惠注重女儿的感受，打电话想提前让她知悉这事，却没想到被阮轻寒接了。

这个暧昧的时间点出现在女孩家里，虽然两人是邻居，但也不合时宜。

江美惠大概猜到了两个人的关系，所谓相亲的事也不提了，让他转告钟珥，过几天带对象回家给她过生日。

耳边是吹风机运转的噪音，头顶暖风吹拂，有手指在发间慢慢穿梭。

钟珥半眯着眼，下巴靠在阮轻寒腿上，形如慵懒的猫咪："看来是瞒不下去了。"

阮轻寒摆弄着她差不多干透了的头发："正好，你父母也挺喜欢我的。"

"是啊。"钟珥煞有介事地点头，"我们家审美挺一致的，对好看的人都没什么抵抗力。"

阮轻寒失笑："你就喜欢我的脸？"

"这倒没有，我还喜欢你的肉体。"她趁机摸了一把他的腹肌，"看起来就很有安全感。"

她这一动作，两人距离拉近了一点。

阮轻寒趁机扣住她捣乱的手，眼神有些不对劲："要不要再洗个澡？"

钟珥不明所以："我刚洗完。"

阮轻寒挑唇："我还没洗。"

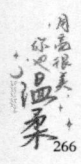

"你没洗关我什么事呀！"钟珥话刚说到一半，整个人已经阮轻寒打横抱起，往浴室去。

男人眼眸含笑，低头含住她的耳根："你要负责。"

尾 声

月亮很美，你也温柔

moon

The moon is beautiful,
and you are gentle.

01

即便已经是第二次去钟家，从来淡定如阮轻寒，也不免有些拘谨。

上次他是作为客人被邀请来的，而这次，他作为钟珥的男朋友和她一块给钟妈妈庆生。

身份的变化，也让钟家二老对他热情之余多了几分来自父母的审视。

江美惠虽笑意盈盈，一开口，每句都是试探。

"你俩孩子也真是的，在一起了都不告诉我们，要不是上次给小珥打电话，真不知道你俩要瞒我们到什么时候。"

保密这事是钟珥提出来的，刚确定关系那会儿怕父母知道会觉得进展太快，不放心。

"是想告诉你们来着，只是一直没找着机会。"不敢说实话，钟珥只能扯了个安全的借口。

钟子续瞥她一眼，不给面子地拆台："你要是想说，随时都是机会。"

钟子续眼光很高，看得上眼的年轻人没几个，除了张子铭，就是阮轻寒。他喜欢阮轻寒身上那种正气凛然的气质，安心又可靠。钟珥对姐弟恋不感冒，阮轻寒就成了他心目中的最佳女婿人选。

上次误会阮轻寒给钟珥发了好人卡，他还扼腕觉得可惜。

江美惠在桌底下踢他一脚，好歹有外人在，总要给女儿留点儿面子。

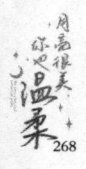

江美惠笑吟吟地问："在一起多久了？"

这次阮轻寒率先回答："刚满一个月。"

江美惠脸上的表情顿时丰富起来，一个月，距离上次来家里吃饭也没多久，难道是那次之后两人的感情迅速升温？

如钟珥所想，江美惠的确担心这进展有点快了，她放下筷子："小阮，你对我们家小珥，是认真的吧？"

虽然她对阮轻寒印象不错，但关乎女儿的幸福，不能马虎。

钟珥正扒着饭，听到这句也不由得觉得羞赧："妈，您这问题问的……"

她想替阮轻寒敷衍过去，不料阮轻寒却按住她的手背，语调微扬，礼貌接话。

"是的阿姨，我很喜欢小珥。"

表白张口就来，钟珥耳根子燥红，却见钟家二老彼此交换了个满意的眼神。

阮轻寒虽然拘谨，但面对钟爸钟妈抛出的问题都是好好地回答，诚意和态度都到位了，二老也不再多问，脸上笑意扩散，开始给他夹菜。

吃完饭，寿星拆礼物，阮轻寒被钟子续拉着闲聊，钟珥去洗碗。

洗到一半，旁边探出个脑袋："需要我帮忙吗？"

钟珥扭头看他一眼，酸溜溜的语气："我爸可喜欢你了，怎么不继续陪他聊天？"

阮轻寒在她腰上捏了一把："你爸迟早也会是我爸，吃什么醋？"

钟珥把洗好的盘子放在碗架上沥干："他老人家对我可没对你

这么亲切。"

　　就为她换工作的事能气好几年，每次见她回家总要摆摆脸色，钟珥都不知道怎么哄了。

　　阮轻寒失笑："茶几上有药，专治跌打扭伤，猜猜为谁准备的？"

　　钟珥身陷其中看不清，他作为旁观者却看得透彻。钟子续哪里是对她不够亲切，分明是用傲娇做掩护的关心罢了。

　　钟珥的脚恢复得很好，从走路的姿势完全看不出受过伤。但回家这几个小时，钟子续的目光已经在她脚上转悠了好几遍。

　　钟珥顺手在他衣服上擦干手："你跟他说的？"

　　阮轻寒嘴角抽搐："你该想想医院有没有卧底。"

　　"……"钟珥想到了张子铭。

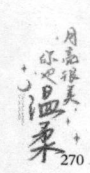

270

　　两人第二天都休假，这一晚便留宿在钟家小楼里。

　　钟珥有自己的房间，阮轻寒则被安排在了客房。晚上，钟子续在院子里摆好了棋局，要跟未来女婿下个尽兴。

　　钟珥跟江美惠回了房间。

　　女儿难得留下，江美惠想跟她聊会儿体己话。

　　然而话题中心总绕不开阮轻寒。

　　一会儿问两人发展到了什么地步，一会儿问有没有同居的打算，一会儿已经神情复杂地叮嘱钟珥要保护好自己。

　　钟珥还没跟父母谈过感情方面的话题，不自在地捏了捏耳垂，触感微烫："知道了，妈。"

看她这样，江美惠语重心长："小珥，别嫌妈多嘴。你看你之前忙着上学，毕业了也没谈过一次正经恋爱。经验都没有，妈不问问也不放心。"

钟珥的房间窗户正好对着院子里下棋的两人，一个怡然自得，一个沉着应对，氛围意外地和谐。她目光落在阮轻寒身上，抿起嘴角，眼睛弯了弯："我知道。不过爸看人一向很准，连他都这么喜欢阮轻寒，所以说，妈，你完全可以放心啦。"

再者说，谁说她没有经验，好歹当年还瞒着二老在大学谈过恋爱呢。

当年的恋爱对象，嗯，就是此刻跟她爸谈笑风生对弈的那个。

送走江美惠，钟珥蜷在被子里玩了会儿手机，关上灯准备睡觉，门又被推开了。

"妈，还有事吗？"她眼皮在打架，看也不看，以为是江美惠又过来了。

一股寒气忽然隔着被子抱住了她，阮轻寒带笑的声音落在耳畔。

"好好看看，我是谁？"

屋里很暗，只有从窗外透进来的路灯光勉强照得清他的轮廓。钟珥半眯着眼，被他身上的寒气冻得往被子里缩了缩："你刚从北极回来吗？"

天这么冷，他们居然在院子里下了一晚上的棋，未免忒讲究意境了点。

阮轻寒把玩着她的头发："钟叔赢了我好几盘，总算满意地去睡了。"

钟珥握住他捣乱的手，冰冷的温度让她拧了拧眉："不冷吗？"

"冷。"阮轻寒掀开被子，钻了进去，"所以过来找你要点儿温暖。"

钟珥穿着厚绒睡衣，依旧能感觉到被窝里骤然的冷风，她回身跟阮轻寒面对面躺着，笑了一下："不怕明天被我爸妈发现？"

"嗯。"阮轻寒从鼻腔里哼出一声，欺身过去，"早点做完，明天就可以早点起了。"

钟珥被折腾了半宿，隔天天光大亮才起床。

钟子续去医院了，江美惠正在跟着电视练瑜伽，阮轻寒刚晨跑回来，相比之下，她是起得最晚的。

吃完早餐，两人动身回市区。

路边的积雪化得差不多了，快到家时钟珥突然想吃火锅，不想去餐厅，两人便顺道去超市买了食材。到家后分工合作，洗菜的洗菜，备锅底的备锅底。

不多会儿，小火锅便开了，咕嘟咕嘟地冒着香气。

钟珥馋得要命，夹了一筷土豆片进嘴里，烫得嘴都合不上。阮轻寒用手给她扇："吹冷了再吃，不跟你抢。"

钟珥囫囵咽下，小脸红扑扑的："阮轻寒，你俱乐部要是干不下去，可以开个饭店了，我天天给你捧场。"

她是想夸阮轻寒的手艺好，不料对方却掐了掐她的脸，颇有些不爽地开口："谢谢你了，我俱乐部好得很。"

也不想想他下厨都是为了谁，她居然还想让他做给别人吃。

钟珥当然察觉到他的神情变化，立刻给他夹了一块火腿肉，狗腿地送到嘴边："我错了，给大佬道歉。"

前几天还"哥哥"，现在又变成"大佬"了，阮轻寒觉得有趣，吞下她的赔礼："下一个是什么？"

钟珥睁着那双澄澈的眸子看他："嗯？什么下一个？"

"哥哥，老板，大佬，接下来会是什么？"

钟珥也只是随口那么一叫，没想到他还一一记住了，眼珠子一转，索性逗他玩："可多了，还有教官、领队、先生……你喜欢哪个？"

没从里面听到想要的答案，阮轻寒想了想："不如再加一个？"

"加什么？"

阮轻寒笑起来，正想开口，门铃响了。

不是钟珥家的门，而是阮轻寒家的。

钟珥开门看情况，只见一个气度不凡的老人站在走廊上，对着阮轻寒家那扇紧闭的大门一动不动。

她开口招呼："大叔你找阮轻寒？"

那老人转过身看到她，眼中闪过意味不明的光，点点头。

钟珥便又问："请问你是他的……"

"爸。"

这话不是老人说的，而是从钟珥身边响起的。阮轻寒皱着眉询问门口的人："您怎么来了？"

02

小火锅煮得香气扑鼻，钟珥咽了咽口水，却没有动手吃。

她看了旁边的阮轻寒，又看了眼沙发上的阮老爷子，自打一进门两人就诡异地保持安静。

"要不，我去给阮叔叔倒杯水？"忍不下去的钟珥想逃离这个氛围，却被阮轻寒按住。

"他不喝水，只喝茶。"

"那也行，正好我家之前买了一套茶具，还有茶叶。"钟珥马上接话。

"他不……"阮轻寒还想叫住她，却被阮老爷子口头放行：

"你让她去泡吧。"

目送钟珥去厨房翻找茶具，阮老爷子收回目光，粗粗扫视了几眼这个房子。

"让你回家你不回，就是为了和这小丫头在一块儿？"他瞥了眼餐桌上冒着热气的火锅，"日子过得到挺舒坦。"

阮轻寒关了火："您要是有事直接给我打电话就好，没必要辛苦过来一趟。"

阮老爷子眼睛一瞪："老子见儿子，还要给儿子打报告吗？"

他这小儿子哪儿都好，做事情也一丝不苟，唯独有一点讨嫌，就是对他太客气。

头几年还会跟他吵吵架，最近几年性情越来越冷淡，都快成面瘫了。

他一边想着，扭头看了一眼厨房，竟然有点敬佩那个小丫头了，能让这面瘫动心。

"既然是来见我的，你看她做什么？"阮轻寒挡住他的视线。

嚯，这就开始护上了？

阮老爷子眉头微挑，真是儿大不由爹。

"既然这么喜欢，娶回去不就得了！"

钟珥端着茶壶出来刚好听到这句话，差点没把茶水洒一地。

她稳了稳心神，假装没听到般走过去："叔叔，茶来了。"

透明的茶壶里，几瓣菊花一舒一卷在淡黄茶水中漂浮，阮老爷子扫一眼，笑眯眯道："钟小姐真贴心，知道老爷子我正需要降火。"

自从公司交给阮轻宁打理，阮老爷子就不怎么管事了，平时没事就在别墅里研究茶道，两个儿子没事也不回家，让他倍觉孤单。

虽说钟珥这茶冲泡得有些随意，但让阮老爷子看出了机会，他喝了口茶，恍若随口一问："钟小姐想不想学茶道啊？"

钟珥被问得一噎："茶道？"

阮老爷子点头："这是一门很精妙的学问，你茶冲泡得不错，很有潜力，想不想跟我学一学？"

他算盘打得很好，只要钟珥答应学，阮轻寒必然不会放心，肯定会跟着她一块去别墅。

然而钟珥知道自己的斤两，泡茶嘛偶尔泡泡还行，要当成兴趣培养她可没那么多耐心。

但看着阮老爷子那一副期待的表情，她不忍心拒绝，只好甩锅："轻寒应该挺想学的，要不你问问他？"

阮轻寒摇头："不学。"

阮老爷子："……"

钟珥："……"

阮老爷子再退一步："钟小姐不想学也没事，我觉得跟你很投缘，以后没事可以去阮宅看看我吗？"

钟珥惊愕，有些摸不清他的想法，今天才第一次见面，投哪门子的缘啊？

她小心翼翼地找着借口："可是我找不到地方……"

阮家在青城也算是名门大户，听说他家别墅是建在某座山的半山腰上的。

阮老爷子爽朗一笑，大气挥手："小事，让轻寒送你过去就行。"

钟珥灵光一闪，目光在这对父子身上转了转，眨巴眨巴眼，算是明白了什么。

所以，阮老爷子其实是醉翁之意不在她？

没话找话地聊了一会儿，阮老爷子打算离开。

阮轻寒送到门口，临走时沉思了下，叫住他："我还以为你要是知道她的存在，会让我们分手。"

就像对待他哥跟宋舒言一样。

阮老爷子脚下一顿，回头看他："如果我这样做，你会怎么办？"

阮轻寒神色认真："不会放手。"

阮老爷子像是早料到，露出个笑："所以，我为什么要做这种把儿子越推越远的事呢？"顿了顿，又道，"而且，钟珥这姑娘，我挺满意的。她的爸爸，人也不错。"

阮轻寒愣住："你认识她爸？"

虽然两个儿子从小是被阮老爷子放养的状态，但他也并不是完全不关心他们的情况，两人身边都有他安插的眼线，没几天就会汇报一次状况。

"钟珥"这个名字，他第一次听说还是在阮轻寒大三那年，一向性格冷淡不易相处的小儿子突然谈恋爱了。那时候，眼线汇报上来的有关他的情况，除了学习，就是跟这姑娘的各种约会和恋爱日常。

阮老爷子耐不住好奇，便去调查了一下她的背景。

不查不知道，一查吓一跳。

"她爸是当年参与抢救你妈的医生。"

阮轻寒的妈妈当年出车祸，送到市医院急诊室，是钟子续做的手术。

因为那场手术，阮妈妈多活了一阵子，虽然最终还是离开了，但阮老爷子一直对这位医生心存感激。

在知道钟珥是他的女儿后，阮老爷子按捺住了想拆散两人的心。

没想到，后来两人还是分手了。

更没想到，三年过后，他们又莫名其妙地重逢复合了。

这大概就是缘分吧，妙不可言。

阮轻寒没忍住又问："那我哥跟宋舒言……"
阮老爷子背身离开，丢下一句："那是自作自受。"

钟珥觉得阮轻寒自从把阮老爷子送走之后，人就变得奇奇怪怪。

不管是她吃火锅也好，刷手机也好，看电视也好，不经意地回头，总能对上他缠绵又深情的视线。

看得她晕乎乎的，莫名有些紧张："是不是你爸对我印象不好啊？"

明明刚才她还听到阮老爷子让他娶她，难道是后面后悔了？

"不。"阮轻寒摇头，眼神又温柔了几分，嗓音低沉，"就是觉得，我们俩说不定还真是命中注定。"

钟珥不知道两人在门口聊了些什么，听到他这突然的表白缩了缩脖子："噫，好肉麻啊。"

不过，心头一块大石落下。

晚上阮轻寒接到了个电话，陆植山在某饭店请客，要他迅速过去，末了不忘补充："把家属带上。"

他眼皮一抬，望着坐在沙发上撸猫的钟珥，掀唇笑了笑："怎么，追到了？"

以前聚会陆植山总对带家属嗤之以鼻，接连带了好几次女朋友参加的顾子尧被他嫌弃得要死。

这下转性，分明是事出无常，必有妖。

电话那头陆植山嘿嘿一笑，没有否认："赶紧过来啊，过时不候。"

"好。"

他这边刚挂电话，钟珥的电话也响起来了。

阮轻寒看着她的表情从微笑到惊愕再到了然，猜测是阿宁也给她打电话通知了。

"真是没想到，他俩还真在一起了。"挂了电话，钟珥如是感叹。

阮轻寒勾了勾嘴角，给她拿了件大衣。

"没有什么不可能的，走吧。"

两人牵着手往停车场去。

"为什么他们谈恋爱这么有仪式感，还兴请客吃饭的。"半道上，钟珥回想自己跟阮轻寒，不仅关系确定得无声无息，就算谈了有一段时间，周边也有很多人不知道，简直像怕被老师抓住的地下恋。

她撇撇嘴："这一比较，感觉我们俩好像也太普通了。"

阮轻寒握紧了她的手："那改天我们也请客公布一下？"

"这倒不用。"钟珥弯了弯眼睛，狡黠一笑，"就在你朋友圈公布下就行。"

他的朋友圈几乎要长草了，动态常年不更新，也许发了也没什么用，但是一想到他为数不多的动态，能有她存在过，以后回顾起来感觉一定很棒。

想到这里，钟珥嘴角笑意更深。没错，她才不是因为占有欲呢，只是想为他的朋友圈除除草而已。

阮轻寒停下脚步，回头看她。

"听你的。"

于是，那天晚上，阮轻寒的微信列表被迫吃了一碗狗粮。

他很久没有更新过的朋友圈，突然发了一条新动态。

鲜见的九宫格配文案，图片大多是同一个女生的不同角度。

穿着白色工作服的侧脸照，蹲下身逗猫的背影照，毫无防备冲着镜头的笑脸照，像只笨重的小熊在雪上写字照，穿着迷彩服傻乎乎的半身照……

有两张例外。

一张是在路蒙山的篝火旁，一男一女相拥的照片，光线昏暗，却仍能看到照片里的男人嘴角轻轻上扬。

另一张则是在雪上写的一句话，字体秀气，周边还加了碎花修饰——阮轻寒全世界最喜欢钟珥。

配文只有一句话：

"今夜月亮很美，你也温柔。"

（全文完）

本书由宁岸委托长沙大鱼文化传媒有限公司正式授权花山文艺出版社，在中国大陆地区独家出版中文简体版本。未经书面同意，本书的任何部分不得以图表、电子、影印、缩拍、录音和其他手段进行复制和转载，违者必究。